Helmut Krausser
SCHMERZNOVELLE

Rowohlt

Der Autor bedankt sich herzlich bei Georg M. Oswald
für die juristische Beratung, weiterhin bei Michael Farin,
Kathrin Glosch, Thomas Hettche, Heiner Link und Tom Tykwer.
Die Arbeit des Autors wurde durch den Deutschen
Literaturfonds e. V. gefördert.

Lektorat Marcel Hartges
Umschlaggestaltung Cordula Schmidt
(Foto: Arens / Voller Ernst)

1. Auflage März 2001
Copyright © 2001 by Rowohlt Verlag GmbH,
Reinbek bei Hamburg
Alle Rechte vorbehalten
Satz aus der Caslon 540 PostScript, PageMaker, bei
Pinkuin Satz und Datentechnik, Berlin
Druck und Bindung Clausen & Bosse, Leck
Printed in Germany
ISBN 3 498 03506 1

SCHMERZNOVELLE

EINE FRAU, DIE NICHT DA IST

Man begann sehr bald nach meiner Ankunft, mich auf das Ehepaar Palm hinzuweisen, mit Anspielungen, die das Wesentliche dessen, weshalb ich es denn unbedingt kennenlernen müsse, aussparten. Sätze fielen, wie: «Warten Sie ab, bis Sie den Palms begegnen!» Oder: «Die Palms, die wären was für Ihre Forschung.» Bohrte ich nach, bekam ich zu hören, dieses Phänomen müsse man, um es zu würdigen, mit eigenen Augen erlebt haben, ein Frevel wärs, was mich erwarte, vorwegzunehmen. Manche reagierten auf meine beharrliche Neugier mit einem verschwörerischen Zwinkern, andere mit einem kurzen Schnauben, das Amüsiertheit ebenso wie Ausdrucksnot bedeuten konnte.

Ein schwerer September lastete auf dem Ort. In Wassernähe tanzten Heere von Insekten, derentwegen Schwalben, die sich zu einer zweiten Brut entschlossen hatten, immer noch jagten. Ihre Flugfiguren blieben das einzig unruhige Moment in einem Panorama schwitzender Behäbigkeit. Auf den Booten im See trieben schläfrige Menschen, manche vom Sommer bis zur Entstellung gebräunt. Meist ältere Menschen; der Ort gehörte zum größten Teil wohlhabenden Ruheständlern. Es gab die Kaste der durchschnittsverdienenden Ausflügler, die sich an den wenigen öffentlichen Ufern wie in Reservaten drängten. Sie verzehrten Mitgebrachtes, mieden, vom Eis am Stiel fürs Kind mal abgesehen, die überteuerten Preise der Strandgastronomie und bestiegen spätestens bei Sonnenuntergang die halbstündlichen Züge zurück zur Provinzhauptstadt. Danach war man im Ort unter sich, und nur an der Vergnügungsmeile, im architektonisch eindrucksvollen Casino und den dazugehörigen Nachtlokalen, trieben sich noch Fremde herum.

Ich will den Namen des Ortes nicht nennen, aus Gründen, die sich im Folgenden erschließen werden. Er liegt in einem großen bohnenförmigen Tal, wird in weitem Umkreis von smaragdfarbenen Gebirgsteichen umringt, und im einzigen Bordell der Gegend, verschämt am Saum des Villenkorsos gelegen, bedienen den Gast ausschließlich Damen inländischer Herkunft. Man weiß hier genau, welchen Anfängen man wehren muß.

Der Grund meines Aufenthaltes war profan. Sofern sich dies von einer Frau, zumal einer Schönheit, sagen läßt. Es läßt sich. Guten Gewissens.
Sylvia war überhaupt nicht hier. Ich vermute, daß sie zu fliehen beschloß, nachdem ich ihrem Gatten meinen Besuch angekündigt hatte. Fliehen klingt zu stark, sagen wir: Sie ging mir aus dem Weg. Setzte nichts aufs Spiel. Ihr Mann, dreißig Jahre älter als sie und ich, war in München mein Professor gewesen, wir pflegten jetzt noch, zehn Jahre nach meiner Promotion, fünf nach seiner Emeritierung, ein freundschaftliches Verhältnis.
Sylvia hatte mir bei früheren Gelegenheiten einiges in Aussicht gestellt, was sie nun, unter den gegebenen Umständen, die die ungünstigsten nicht gewesen wären, nicht aufrechterhalten wollte. Das kränkte mich.
Sie sei für eine Woche nach Wien gefahren, Freunde besuchen, der Termin habe lange schon festgestanden, sie ließe sich vieltausendmal entschuldigen. Möglicherweise wollte Sylvia die Spannung zwischen uns später einmal, an anderem, neutralerem Ort entladen. Wie dem auch sein mochte. Es lag an mir, aus der Situation das Beste zu machen.

Zwei, drei Tage samt der damit unausweichlich verknüpften Abende würde mein Aufenthalt im Hause Kappler, so hieß mein Doktorvater, notwendig sein, um einem Menschen seiner Generation nicht das Gefühl zu geben, bloß eine lästige Besuchspflicht erfüllt zu haben.

Wir langweilten uns kaum. Fritz Kappler besaß Humor, einen schier unerschöpflichen Anekdoten- und Erfahrungsschatz, und seine fachliche Autorität blieb, obgleich er die jüngsten Entwicklungen in unsrer Disziplin nicht mehr recht wahrnahm, ehrfurchtgebietend. Ich hatte ihn gern. Daß die Sache mit Sylvia im Imaginären blieb, dort kläglich zu verkümmern drohte, schien mir bald ein willkommener, befreiender Umstand, auch wenn ich ihretwegen kein schlechtes Gewissen gehabt hätte, nein. Manchmal schwang in Kapplers laut geäußertem Bedauern über die Abwesenheit seiner Gattin sogar etwas subtil Obszönes mit – als hätte er sie mir gerne angeboten, stolz auf das Erarbeitete, das man, um es voll zu würdigen, ausprobieren müsse. Er war ein Genießer, der sich über seine Person und sein Alter keine Illusionen gönnte, der Illusionen überhaupt verabscheute, insbesondere solche des Eros. Unser beider Fachgebiet ermöglicht wohl keine andere Haltung.

Ich bin mir sicher, daß Kappler, schon als er Sylvia und mich zum ersten Mal miteinander hatte reden sehen, in seiner Phantasie binnen Sekunden Dutzende möglicher Verstrickungen, Abenteuer und daraus resultierender mehr oder weniger kritischer Verläufe entwarf. Ohne daß ihn dies bekümmert oder gegen mich eingenommen hätte.

«Überlassen wir das Zwischenmenschliche den Patienten, die davon nicht lassen können.» So oder ähnlich sprach er mitunter nach dem dritten Glas Rotwein; es klang dann sehr vernünftig, gar nicht arrogant.

Bestimmt hätten wir sogar, in der Art zweier welterfahrener

Zuhälter, über Sylvia reden können, würde die Kluft mehrerer Generationen nicht immer ein Grenzland schaffen, in dem manche Themen höflich ausgeschwiegen werden, ohne daß sich genau sagen ließe, warum das so sein muß. Hängt wohl mit den sehr unterschiedlichen verbleibenden Lebensspannen zusammen, die kein gemeinsames Spielfeld mehr zulassen, ohne zu Lasten des Älteren jene Stillosigkeit ins Spiel zu bringen, die der nahende Tod nun einmal darstellt.

Am dritten Abend meines Aufenthalts, einer bis dahin entspannenden, kontemplativen Zeit, die mit Wanderungen, Wein, Gesprächen und Zigarren leicht vorüberfloß, nahm mich Kappler mit zum Hauskonzert der Kaltenbrunners. Ich hatte keine Lust gehabt, er allerdings bestand darauf. Es gebe Brahms und Ravel, dazu ein gutes Buffet, der Rest könne so schlimm nicht werden. Ich ließ mich überreden. Wir fuhren, Fritz wollte alkoholisch unabhängig sein, mit dem Taxi vor. Es handelte sich um eine der größeren Villen am westlichen Seeufer. Der Garten war mit Lampions geschmückt, der Salon zum kleinen Konzertsaal verwandelt. Fackelbeleuchtete Auffahrt. Samstagabend. Kappler lieh mir eine Krawatte. Man würde mich sonst «für einen Künstler halten» – es klang aus seinem Mund bedrohlich.

Zwangloses Zusammenkommen. Ich blieb in Kapplers korpulentem Schatten, lavierte mich so durch. Niemand wollte wissen, wer ich war. Begrüßungschampagner. Steifheit. Parade der Frauen. Sitzverteilung. Bitte um Ruhe.

Und das Konzert begann.

Ein junger Pianist von bereits, wie es der Gastgeber in seiner Einführungsrede ausdrückte, ‹verfestigtem Namen›, spielte, so der Gastgeber weiter, ‹Klassisches› – damit war der Brahms gemeint, wie auch ‹Zeitgenössisches›, hierunter fiel Ravel.

Es war in Ordnung. Während des Vortrags durfte geraucht und

getrunken werden. Einige Frauen trugen gewagte Garderoben.

Als Zugabe – nach enormem Beifall – brachte der Virtuose
eine Eigenkomposition zu Gehör. Nicht ohne Witz und Originalität. Man lachte gutwillig. Daran anschließende Tischgespräche drehten sich bevorzugt um die ‹goldenen Zeiten der
Tonkunst›. Der angenehme Teil des Abends war Vergangenheit. Die Dame des Hauses reichte mir ihre Hand zum Kuß,
ich schüttelte sie kurz. Kaltenbrunner, der, wie mir souf0fliert
wurde, mit dem zu Nürnberg Gehenkten weitläufig verwandt
sein sollte, verwickelte mich in eine Diskussion über angeblich zunehmende Homosexualität in der Gesellschaft als
schiere Folge des auf kein zuträgliches Frauenbild mehr treffenden Hedonismus. Meine Zurückhaltung, die mich bislang
vor allgemeinem Interesse bewahrt hatte, wurde öffentlich als
Understatement deklariert. Kappler stellte mich nicht vor, er
stellte mich bloß. So empfand ich es. Er war gradhinaus besoffen. Nannte mich vor allen Leuten den in Deutschland führenden Spezialisten auf dem Gebiet sexueller Aberration. Das
konnte meiner Meinung nach zwar stimmen, ich hätte es
dennoch lieber in der Zeitung gelesen.

Alleinstehende, zugleich gutaussehende Frauen fanden sich
auf der Soiree nicht. Es gab keinen Grund, länger als unbedingt nötig zu bleiben. Das Buffet war durchprobiert und für
anständig befunden, die Tochter des Hauses, nicht ganz
schlecht aussehend, tief dekolletiert, jedoch frisch verlobt,
sang in der Begleitung des leidenden Virtuosen zwei Schumann-Lieder, wonach die Welt dieselbe blieb, die sie zuvor
gewesen war, nur durstiger – das war der Abend, an dem mir
der Name des Ehepaars Palm nachdrücklich ins Bewußtsein
und Gedächtnis getrieben wurde.

«Fritz», fragte ich. «Was haben die alle? Was ist los mit den
Palms?»

Und er, zurückgelehnt grinsend, im Mund eine dicke Zigarre, an der er eine Art gemäßigter Fellatio vollführte, antwortete, daß er schon längst darauf zu sprechen gekommen wäre, ungern indes, da es sich um ein außerhalb seiner Kompetenz liegendes Phänomen handle, jenseits alles jemals Gesehenen. Worüber man nicht sprechen könne, davon solle man Andeutungen machen und den Rest einem Jüngeren überlassen. Er klopfte mir väterlich auf die Schulter. Ich müsse das Ehepaar Palm einmal besuchen und mir selbst ein Urteil bilden. Die beiden stünden meiner Visite nicht widerspenstig gegenüber, seien im Gegenteil darauf – ganz unaufdringlich, ganz verpflichtungslos – vorbereitet worden. Morgen – vielleicht? Am Nachmittag?

«Das könnte aufregend sein. Ehrlich» – fügte er hinzu und verweigerte sich standhaft jedes erhellenden Details. Sein Ausweichen ging soweit, ohne Bedarf der Haustochter für ihre Notzucht an Schumann höchsten Respekt zu zollen. Er berührte ihre nackte Schulter und pochte darauf, von Musik doch einiges zu verstehen. Ich täuschte vor, frische Luft zu benötigen, ging über die Gartentür hinaus in die milde Nacht und blieb wohl eine ganze Stunde am Ufer hocken, horchte auf das Geräusch kleiner Steine, die auf die Wasseroberfläche platschten, versuchte zu begreifen, warum Fritz mich hierher geschleppt hatte. Womöglich diente all das keinem bestimmten Zweck, und die entstandenen Konjunktionen waren zufälliger oder leichtsinniger Natur.

EIN MANN, DER NICHT DA IST

Das Haus der Palms lag ein gutes Stück vom See in Richtung Westen, am Fuß eines steil aufragenden Hügelzugs. An Schlechtwettertagen mußte der düstere Hintergrund der hohen, eng beieinanderstehenden Fichten deprimierend wirken; kalt wirkte er selbst jetzt, in der tiefen, alle Wipfel mit Aureolen beladenden Nachmittagssonne.

Der Garten des in keiner Weise außergewöhnlichen Hauses war zu Terrassen geschichtet und mit ockerfarbenen Schieferkalkplatten ausgelegt. Keine Zierbeete, keine Statuetten. Eine aus dem Hang geschaufelte plumpe Treppe ohne Ornamentik, mit insgesamt vier beinah halbmeterhohen Stufen. Nur an seinen Rändern und hinten, die fünfzig Meter zum Wald hinauf, bestand der Garten aus Rasenflächen, aufgrund ihrer Schräglage zu keinerlei Art von Ballspiel geeignet. Ich vermutete sofort, daß die Palms kinderlos wären oder ihren Nachwuchs woanders aufgezogen hätten. Wiewohl es mir im nächsten Moment ganz unsinnig erschien, aus so wenig auf so viel zu schließen. Das einstöckige Haus besaß große Fenster, war modern und wärmedämmend gebaut, sein ziegelrotes Giebeldach kontrastierte schön zu den kupfernen Regenrinnen. Alle Holzelemente waren dunkelblau bemalt. Sandfarbener Putz. Im späten Licht glitzerten die Scheiben eines Wintergartens, der, soweit ich sehen konnte, vollkommen leer war, ganz ohne Pflanzen und Mobiliar. Das Haus machte den Eindruck, als stünde es zur Besichtigung frei. Ich klingelte. War mir fast sicher, daß niemand öffnen würde. War halb enttäuscht und halb erleichtert. Und wartete pro forma.

Nach mehr als einer Minute schwenkte, mit einem schnellen Ruck, die Tür auf.

Ich hatte mit einer älteren Frau gerechnet. Warum? Ich weiß nicht.

Mir war so gut wie nichts auf den Weg mitgegeben worden. Die Frau, die vor mir stand, mochte vierzig sein, allerhöchstens. Sie war schlank, einen Kopf kleiner als ich, trug weiße Jeans und einen weiten Wollpullover, aus dem ihre schmalen bleichen Hände so trostlos herabhingen, als hätte sie sie vergessen. Ihre Augen waren dunkelbraun wie ihr Haar, das sie hinten zu einem kurzen, kaum handlangen Pferdeschwanz gebunden hatte. Wenige hätten sie auf den ersten Blick schön genannt.

Ich sagte ihr meinen Namen. Fügte hinzu, daß Kappler mich geschickt hatte.

Ihre Wangenknochen traten aus dem mageren Gesicht stark hervor, die dünnen Lippen hatte sie wie ein Kind, das ein Geheimnis zerkauen und herunterschlucken will, nach innen gesogen. Wir standen lange voreinander. Es hatte was von einem Spiel, in dem der, der sich zuerst äußert, verliert. Sicher spürte sie, daß ich etwas von ihr erwartete. Wollte sich wohl über den Umfang dessen klar werden. Endlich sagte sie etwas. Sagte, wie man eine belanglose Äußerung kommentiert: «Ja.» Machte noch einmal eine lange Pause. «Und?»

«Sind Sie denn auf meinen Besuch nicht vorbereitet worden?»

«Ja.» Diesmal besaß das Wort einen bedauernden wie auch belästigten Unterton. Ich musterte ihre Nase, die nicht sehr groß war, aber spitz zulief, was ihrer Erscheinung etwas Füchschenhaftes verlieh. Bis auf ein paar Krähenfüße war ihr Gesicht faltenfrei – doch abgelebt, verschattet, auf eine Weise, die ich, selbst bald vierzig, seit einiger Zeit reizvoll fand.

«Mein Mann», sagte sie jetzt leise und nach unten, in Richtung meiner Schuhe, «ist nicht hier.»

«Das tut mir leid», antwortete ich, und erntete einen irritierten Blick. Ihre Wimpern flackerten. Sie schüttelte leicht den Kopf. Meine Antwort hatte eine Spur von Arroganz enthalten, als wäre mit dem, was mir leid tat, meine verschwendete Zeit gemeint gewesen. Und dem war ja so.

Sie sah mich an, forschend, feindlich. Dann entspannte sich ihr Blick, wurde ruhig und offen.

«Sie sagen es, als ob Sie mir kondolieren müßten.»

Ich entschuldigte mich. Nein, das müsse sie falsch aufgefaßt haben. Ob ich irgendwie von Nutzen sein könne, auch wenn ihr Mann nicht hier wäre? Ich fügte hinzu, nicht den geringsten Anhaltspunkt zu haben, worum es hier eigentlich gehe, was genau ihr Problem sei. Ich kam mir, sobald ich all das gesagt hatte, vor, als hätte ich unser kleines Spiel bereits verloren.

«Problem? Was für ein Problem?»

«Ich weiß es ja nicht. Wie gesagt. Ich bin auf Urlaub hier. Muß keine Probleme finden, wo keine sind.»

«Ja?»

Nun sah sie weg, nach rechts, nach oben, schnaubte leise, überlegte, zupfte den Saum ihres Pullovers glatt. Fragile Finger. Kurze Nägel.

«Kommen Sie rein, wenn Sie noch wollen. Trinken wir Tee?»

Sie zwang sich ein Lächeln ab, und hinter diesem kurzen schrägen Lächeln glaubte ich etwas zu sehen, zu fühlen. Einsamkeit. Eine solche, die von weniger Geschulten gern mit dem Wunsch nach Einsamkeit verwechselt wird. Jene grauenvolle, unendliche Einsamkeit, die mir oft aus Gesichtern von Patienten entgegengetreten war.

Es ist ein unangenehmer, weil allzu entscheidender Moment, in diese stille Landschaft einzutreten, ohne etwas zu zertrampeln oder in bereitgestellte Fallen zu tappen. Der Patient ist immer auch Partisan. Wehrt sich, mit jedem ihm zur Verfügung stehenden Mittel. Die Verzweiflung ist, wo sie nicht agieren, nur reagieren muß, ein äußerst kreativer Zustand.

FLOWERY ORANGE BROKEN PEKOE

Sie trank den Tee mit drei Stück Zucker und benutzte keine Gelegenheit, mir ihren Vornamen zu nennen. Wie sie die Finger unter den weiten Ärmeln des Pullovers verbarg und den Tee, auch als er schon lauwarm war, in ganz kleinen Schlukken nippte, ihren Mund, so oft es ging, hinter der Tasse verbarg und sich manchmal nervös am linken Ohr rieb, immer am linken – eine Frau, die sich, bewußt oder nicht, viel Mädchenhaftes bewahrt hatte. Ich plazierte sie vorläufig in die Schublade der Scheuen und Verträumten, als eine, die gern kuschelt und Winterabende zu zweit liebt, die Rotwein trinkt, aber nie mehr als höchstens drei Gläser, die im Sommer ihre Haut vor zuviel Sonne verbirgt, aber früher einmal Gedichte über den Wind geschrieben hat, als sie ihr Haar noch länger trug. Die viel zu früh begonnen hatte, unter ihrem Alter zu leiden, und erfolglos darüber grübelte, was sie wann im Leben hätte anders machen sollen. Die, wenn sie je unter Menschen einer Berufstätigkeit nachgegangen war, es still an einem eigenen Tisch getan hatte, bereit, sich mit der Rolle des Sonderlings anzufreunden.

Es mag anmaßend klingen, aufgrund so weniger, fast ausschließlich visueller Informationen das Psychogramm einer Person zu erstellen. Aber irgendwo muß man beginnen. Eine grobe Skizze erstellen, sich eine Richtung vorgeben. Einen Schädel schnitzen, das entstehende Porträt behutsam mit Fleisch auffüllen.

Ich war angespannt, unsicher, überprüfte, was ich sagen wollte, dreimal, bevor ich es mir auf die Zunge legte und losschickte. Es gab keinen nachvollziehbaren Grund dafür. Ich kämpfte um mehr Lässigkeit, war, verdammt nochmal, im Urlaub. War-

17

um Frau Palm mich zu so großer, vielleicht übertriebener Aufmerksamkeit veranlaßte, nein, das kann ich auch im Nachhinein nicht erklären. Sie gab nichts preis. Unsere Unterhaltung blieb ein mit netten Floskeln ornamentiertes Schweigen.

«Warum sind Sie hergekommen?»

«Man sagte mir, daß es sich lohnen könne.»

«Inwiefern?»

«Das hoffe ich noch von Ihnen zu erfahren.»

«Was wollen Sie denn hören?»

«Reden Sie einfach frisch von der Leber weg.»

«Von der Leber weg? Warum sagt man das bloß so? Ist Ihnen jemals eine Laus über die Leber gelaufen? Leiden Sie an Leberläusen?»

«Nein, ich habe auch noch nie Pferde kotzen sehen. Ich weiß nicht einmal, ob Pferde kotzen können. Aber fast jeder behauptet es. Hatten Sie je mit Pferden zu tun?»

«Nein. Pferde sind mir verhaßt.»

Das Wohnzimmer war alles andere als gemütlich, trug kaum eine Spur individueller Bewohntheit. Seine Einrichtung bestand im wesentlichen aus einem langen Eichentisch, in dessen Mitte wir uns gegenübersaßen. Zwei deckenhohe Bücherregale enthielten je zur Hälfte Bücher und Videokassetten. Nichts Außergewöhnliches dabei, nichts, was auf überzogene Bildung oder einen entlegenen Geschmack schließen ließ. Die Stereoanlage mußte ziemlich teuer gewesen sein. Die CD-Sammlung dagegen war wild nach Stimmungsbedarf zusammengekauft. Von allem etwas, weder nach Musikstil noch nach Alphabet sortiert.

Was hatte ich hier verloren? Unbezahlt und unwillkommen.

«Was macht Ihr Mann denn so?»

«Das wissen Sie nicht?»

«Nein.»

«Er ist nicht da.»

«Ach so.»

Zwischendurch glitt der Dialog ins Absurde ab. Doch gerade immer rechtzeitig feixte sie, verlieh unserem Geplauder einen Hauch von Komik und Gesellschaftsspiel, ohne je eine Basis für irgendetwas Konkretes zu schaffen. Mein Geduldsfaden riß.

«Dann geht es Ihnen also gut?»

«Selbstverständlich. Wird etwas anderes behauptet?»

«Der Tee ist auch sehr gut.»

«Wir kaufen ihn einem fahrenden Händler ab.»

«Einem – *fahrenden Händler?*»

«Naja – er kommt an die Tür. Am ersten Donnerstag im Monat. Wie würden Sie das nennen?»

«Wann kehrt Ihr Mann denn zurück?»

«Das liegt an ihm. Manchmal –»

Sie stockte. Stand auf. Sah entgeistert in Richtung des Wohnzimmerfensters, das einen zugegebenermaßen attraktiven Sonnenuntergang umrahmte. In einem Rausch von Orange und zerfaserten Cumuli gleißte das tiefe Licht uns an. Jede Sekunde schichtete den Himmel um, erfand ein neues, dunkleres Blau, pumpte die Wolkengebäude mit Purpur voll. Ich glaube nicht, daß ein Naturphänomen je kitschig sein kann. Höchstens ein Foto davon. Oder wie jemand auf das Phänomen reagiert.

Frau Palm sagte nichts mehr. Breitete die Arme. Was sollte das werden? Sie schien mich nicht mehr zu bemerken, sog das Licht schnell atmend in sich auf, stöhnte leise, lächelte. Dann zog sie den Pullover aus, als ob es ihr zu warm geworden sei. Sie trug darunter nichts. Ihre kleinen, noch festen Brüste zeigte sie mir, stützte beide mit den Händen, ihr Oberkörper wippte vor und zurück, ihr Lächeln war gleichermaßen entrückt wie obszön.

«Sie sind sehr nett. Sie sind gekommen, das weiß ich jetzt, um nach dem Rechten zu sehen.»

«Ich fürchte, daß ich jetzt gehen muß.»

Sie schlang ihre dünnen, nackten Arme um meinen Hals.

«Ja.» Und lächelte wie unter Pharmaka.

Ich entschlüpfte ihren Armen, drehte mich um, nahm die leere Tasse, trank, als wäre noch etwas zu trinken geblieben. Der obere Rand der Sonne mischte sich mit dem unteren Fensterrahmen zu einer blitzenden Linie.

«Sie kommen doch wieder?»

Ich antwortete nicht, verbeugte mich, gehorchte einem Befehl von tief drinnen, gab ihren freigelegten Brüsten jeweils einen Kuß, empfahl mich, trat ins Freie. Verwirrt, verscheucht und wie im Traum.

NACHSPIEL

«Das ist allerhand. Und ihr Mann war nicht da?»

«Nein. Ich hab alles erzählt, wie es passiert ist. Um ehrlich zu sein: Sie gefiel mir. In letzter Zeit bin ich sehr empfänglich für die Erotik vierzigjähriger Frauen.»

Fritz stimmte mir zu. Er könne sich daran erinnern, es sei ihm einmal genauso gegangen – das lege sich wieder mit der Zeit.

«Vielleicht hast du recht, aber – im Ernst – jüngere Frauen erscheinen mir zunehmend glatter, unfertiger. Wenig hätte gefehlt, und ...»

«Du hattest eine Erektion?»

«Ja, klar.»

«Wieso ist das klar?»

«Dazu ist bei mir nicht viel nötig.»

«Du Glücklicher.»

«Ich finde, daß du mir jetzt eine Erklärung schuldest. Du schuldest sie mir eigentlich schon lange. Was soll das?»

«Du hättest sie vögeln sollen.»

«Wie bitte?»

«Aber ja. Sie ist ja nicht deine Patientin. Noch nicht. Das hätte mich interessiert.»

Kappler redete üblicherweise in gewählterem Ton. Das Wort ‹vögeln› hatte ich aus seinem Mund eher selten gehört. Etwas Brutales schwang darin mit. Rachsüchtiges. Konnte es sein, daß er mich zu ihr geschickt hatte, um zu vollenden, woran er zuvor gescheitert war?

«Ich weiß, was du gerade denkst. Das ist Quatsch. Sei vorsichtig. Es ist gut, daß du gleich gegangen bist. Ich hätte nicht gedacht, daß es beim ersten Mal soweit kommen könnte.»

21

Ich begann, ihn zu hassen. Für seine Geheimniskrämerei. Für seinen Hirtenton. Seltsam, nach so vielen Jahren der Freundschaft, der kollegialen Verehrung. Plötzlich war ein so inbrünstiger Haß in mir, daß ich erschrak. Und als könne er tatsächlich in meinen Gedanken lesen, sagte er: «Tut mir leid.»

«Was genau?»

«Ich dachte, du würdest das Phänomen am eigenen Leib erfahren. Es ist monströs, aber auch – vor allem, wenn man unvorbereitet ist – aufregend. Stattdessen hat sie dich, nun – anders behandelt. Sie scheint dich zu mögen. Vielleicht kann das der Schlüssel sein, den ich nicht besessen habe. Mich hat sie aus dem Haus geohrfeigt. Beziehungsweise –»

«Was ist das für ein widerliches Spiel, das du mit mir treibst?»

«Jetzt hab dich doch nicht so …»

«Doch. Mir reicht es!»

Er genoß meinen Protest. Zügelte sich dann, machte eine beschwichtigende Handbewegung.

«Hat sie gesagt, daß du wiederkommen würdest?»

«Gefragt hat sie, ja.»

«Ich kenne dich ganz gut. Du wirst sie noch mal besuchen, bestimmt.»

«Weshalb sollte ich?»

Kappler schenkte sich vom Hennessy nach. Und endlich, endlich ließ er sich herab, mir den Fall Palm näher zu beschreiben. Er hatte recht. Wenn mich je in meinem Beruf etwas interessiert hatte, dann das.

Ich lag noch lange wach in dieser Nacht. Versuchte, meine Gedanken zu ordnen. Holte mir einen runter. Mit dem Bild der hübschen Brüste von Frau Palm vor Augen. Es hatte etwas Perverses, Zerstörerisches an sich, gegen alle Regeln, etwas, das in seiner Intensität erschreckend wirkte. So, als hätte ich schon lange nicht mehr gelebt, und immer nur, was lebendig war, aus sicherem Abstand heraus betrachtet.

Es gibt eine Lust, die sich als erotische Laune verkleidet. Diese Lust ist aller festgezimmerten Konstrukte der Selbstbehütung müde. Sie begibt sich freiwillig in Gefahr, weil die Stagnation der eigenen Existenz einer Blutauffrischung, einer Auflockerung bedarf. Oder eines Aderlasses. Je nachdem. Wie ein Spieler am Roulettetisch legt man eine Summe fest, die verspielt werden kann und sogar soll. Und ahnt doch, daß es dabei längst nicht bleiben wird.

Diese sonderbare, scheinbar unkontrollierte Erregung erinnert von Ferne an das Alter um die Zwanzig, man fühlt sich jugendlich, spürt die Schauer im Unterarm, die elektrischen Ströme in den aufgestellten Härchen, man glaubt, den eigenen Körper ganz als Geflecht elektrischer Impulse wahrnehmen zu können.

Aber es ist eben keine ahnungslose, naiv dahintreibende Lust mehr, sie besitzt ein Ziel, ist verdorben, geschult, der Grausamkeit näher als dem Eros.

Es kam mir schnell.

BEFRAGUNG I

Ich habe versucht, nicht zu lügen. Als die Polizisten Platz nahmen, war ich noch festen Willens, alles so zu erzählen, wie es
sich zugetragen hatte. Doch die Fragen, die man mir stellte,
klangen ehrfurchtslos und simpel, baten um ein Ja oder Nein,
baten darum, aus tiefster Verwirrung heraus, in dieser un-
durchschaubaren Angelegenheit jedes Dazwischen zu vermeiden. Mir kam die Lust abhanden, Wahrheit so unästhetisch
und nackt zu präsentieren, zuletzt wies ich jeden Verdacht,
Johanna Maria Palm ermordet zu haben, weit von mir, und tatsächlich konnte ich mich von diesem Moment an nicht mehr
sicher erinnern, sie jemals anders als nur mit dem Mund be-
rührt zu haben.

HUMMEL

Sie saß am Hang über ihrem Haus, auf einem dreibeinigen roten Klapphocker, und zeichnete.

Es war der nächste Morgen, ich hatte es nicht erwarten können, ihr zu begegnen. Sie winkte mir zu, mit einer sparsamen Bewegung, einmal nach links, einmal nach rechts, und die Handfläche schloß sich. Sehr automatisierte Geste, als würden wir uns täglich über den Weg laufen.

Langhalmiges, weiches Gras, dunkel und seidig. Die Wiese war über Wochen nicht gemäht worden, Johanna Palm zeichnete mit Buntstiften ein vor ihr sprießendes Ensemble aus Schafgarben und verspäteten Margeriten. Ich konnte einen Blick auf das Zeichenblatt werfen. Hätte es für das Gekrakel eines Vorschulkindes gehalten, grüne, heftig aufgetragene Striche ohne Ordnung, ein grob schraffierter Himmel am oberen Bildrand, und in der Mitte mit Weißstift hingewühlte Kringel, als Blumen höchstens von einfühlsamen Betrachtern zu erkennen.

Dann entdeckte ich links neben den Kringeln die feine Zeichnung einer Hummel, in ihrer Anatomie und den Nuancen ihrer Färbung verblüffend detailreich, auf engstem Raum mit leichter Hand entworfen. Selbst das samtene Schimmern des Hummelpelzes war angedeutet.

Ich beugte mich zum Zeichenblock hinunter, aber Johanna Palm zog ihn plötzlich an sich, hielt ihn vor die Brust und sagte:

«Das ist mir peinlich. Ich kann so gar nichts.»

«Die Hummel behauptet das Gegenteil.»

«Die Hummel? Nein, die stammt ja nicht von mir.»

«Wie –»

«Mein Mann hat sie gemalt. Er ist ein Künstler. Ich kritzle nur sinnlos drum herum.»

Ich bekam eine Gänsehaut, als sie das sagte. Sie klappte den Hocker zusammen, klopfte von ihrem langen weißen Rock den Farbstaub ab, stemmte die Hände in die Hüften und atmete tief, mit zusammengekniffenem Blick in Richtung des vor sich hin funkelnden Sees. Von diesem Hang aus wirkte er fast menschenleer. Man konnte Boote nur als silbrige Silhouetten wahrnehmen, in der Luft lag ein für die Tageszeit ungewöhnliches Flimmern. Mir war heiß, mein leichter Staubmantel wurde zu schwer, ich zog ihn aus und trug ihn überm Arm, als ich Johanna die hundert Meter zu ihrem Haus begleitete. Wir redeten kein Wort. In stiller Übereinkunft schritten wir nebeneinander her. Sie stellte nicht eine einzige Frage, wirkte gutgelaunt und selbstsicher, ich hingegen wollte tausend Fragen stellen, suchte nach angemessenen Formulierungen – und schwieg. Das Schweigen war ein neues kleines Spiel geworden. Sie schloß die Haustür auf, warf Hocker und Zeichenblock in den Flur und – schloß die Tür wieder.

«Gehen wir doch auf die Terrasse. Es ist ein so wundervoller Tag.»

Ich nickte, folgte ihr, um das Haus herum. Auf der obersten Treppe des Gartens stand ein blaues Plastikbänkchen, das gestern, ich hätte schwören können, noch nicht dort gestanden hatte. Nein, ganz gewiß nicht. Man saß zu zweit dort ziemlich eng beieinander. Johanna Palm zog eine Packung Zigaretten aus der Hemdtasche, wir rauchten.

Sie hatte sich über Nacht den kleinen Pferdeschwanz abgeschnitten, sah jetzt noch jungenhafter aus. Ihr Gesicht, gelöst, von einem fast seligen Lächeln erfüllt, war nicht mehr nur bleich, es leuchtete sonderbar, wie eine Heilige auf praeraffaelitischen Gemälden. Diese Frau mußte einmal schön gewe-

26

sen sein, und war es noch, auf eine reifere Art, die wahrzunehmen jüngere Männer meist zu unbespielt vom Leben sind.
Sie gefiel mir sehr. Mir schien, als registriere sie genau, wie
ich sie ansah, und wäre mit sich zufrieden. Ich sah sie als Patientin, mit der ich, um Macht über sie zu gewinnen, wenn nötig, emotional werden würde. Es hätte keiner körperlichen
Überwindung bedurft, um mit dieser Frau zu schlafen. Eine
in meinem Beruf immer wieder beruhigende Feststellung.
Sah sie mich umgekehrt als Arzt, mit dem sie, um nicht geheilt zu werden, alles mögliche anstellen würde?
Man muß es sich vergegenwärtigen: Sie hatte mich bisher mit
keinem Wort um Auskunft gebeten, wer ich sei, oder was ich
von ihr wolle. Ich mußte ihr gefallen, gewiß, sie hätte mich
sonst nie so nah bei sich geduldet. Es gab irgendwo tief in ihr
einen Teil, der nach Hilfe schrie, der um Heilung bat, sonst
hätte sie mich längst verjagt gehabt. Aber wie stark war dieser
Teil? Was war Erotik zwischen uns, was Strategie? Das hab ich
mich im Folgenden so oft gefragt. Was mich beunruhigte: Ich
wußte von ihrer Krankheit, war fasziniert von ihrer Krankheit,
war fachlich begeistert von diesem Fall, extrem vorsichtig und
konzentriert – und konnte mich dennoch nicht restlos gegen
ihre Ausstrahlung wehren. ‹Nicht restlos› ist noch eitel formuliert.

Wir saßen auf der blauen Plastikbank und rauchten, rauchten
schadstoffarme Zigaretten und starrten auf den See, wo jetzt
ein Vergnügungsdampfer zu sehen war, der Ausflügler von der
Nord- zur Südspitze und zurück brachte. Ich hatte Angst.
Angst, diese Frage zu stellen.
«Ist Ihr Mann zurück?»
Gleich fühlte ich mich wohler. Die Frage hatte den angestrebt
beiläufigen Tonfall bekommen. Der Souveränität jedoch, die
ein Arzt gegenüber einer Patientin haben sollte, brachten

mich jene vier Worte keinen Deut näher. Wahrscheinlich war es genau diese Unsicherheit, diese lang nicht mehr gespürte Hilflosigkeit, derentwegen ich unsere Begegnung als so intensiv empfand, geladen mit unendlich vielen Möglichkeiten.

«Nein.»

«Aber er hat doch die Hummel gemalt?»

«Ja.»

Wir starrten weiter auf den See, auf die dahinterliegenden Gebirgszüge, die sich schroff gegen das wolkenlose Blau abhoben. Der Vergnügungsdampfer war in unsere Richtung unterwegs, langsam wurden Umrisse von Menschen auf Deck erkennbar.

«Kreaturen», sagte ich.

«Sie sagen es.» Sagte sie.

Etwas ging mit mir durch. Ich küsste Johanna auf die Wange. Es entsprang keiner Überlegung, doch während ich es tat, fühlte ich instinktiv, daß es richtig war, mehr noch, daß es das *einzig richtige* war. Ja. Ich hatte sie verblüfft. Sie lachte hell. In der linken Hand hielt ich den noch glühenden Stummel der Zigarette. Hätte ihn gern in ihrer offenen Handfläche ausgedrückt, und hätte ich um Erlaubnis dazu gefragt, weiß Gott, ich glaube, sie wäre einverstanden gewesen. Hinterher läßt sich so etwas nicht mehr leicht beweisen, aber – sie hätte ja gesagt und mir die Hand gegeben. Ja. Ja!

BEFRAGUNG II

Ob Frau Palm jemals sozusagen offiziell bei mir in Behandlung gewesen wäre. Ob ich Honorar von ihr erhalten hätte.
Nein.
Es gebe demnach keine Punkte, die ich aufgrund irgendeiner ärztlichen Schweigepflicht bewußt unbeleuchtet ließe.
Keine. Alles soll leuchten.
Ob ich meine Notizen den polizeilichen Ermittlungen zur Verfügung stellen würde?
Gerne, wenn denn solche existierten.
Ob ich meinen Beruf ernst nähme.
Nein. Nicht mehr.

RECHERCHE I

Bevor ich am Morgen zu ihr ging, hatte ich mein Notebook angeschlossen und per Internet ein wenig über ihren Mann in Erfahrung gebracht.

Ralf Palm. Geboren 1954. Nach abgebrochenem Kunststudium Illustrator und Karikaturist bei mehreren linken Zeitungen, später Karriere als Regisseur und Bühnenbildner bei einer damals bekannten freien Theatergruppe. Längere Aufenthalte in Holland und Marokko. 1976–78 zwei Jahre Haft wegen Verstößen gegen das Rauschmittelgesetz. 1980 Heirat mit der sechs Jahre jüngeren Johanna Maria Dengler. Lose Kontakte zu radikalen österreichischen Kunstkreisen, von denen er sich enttäuscht abwendet. Gründet 1982 eine Gruppe namens *Orkus Dei*. Links hierzu werden vom Browser nicht unterstützt. 1985 zweiter Gefängnisaufenthalt wegen angeblicher sexueller Nötigung Minderjähriger. Im Berufsverfahren Freispruch aufgrund Beweismangels. Die beiden Hauptzeugen widerrufen ihre Aussagen. Für eine Zeit von vier Jahren verschwindet Palm von der Bildfläche. Danach nimmt er seine Arbeit als Illustrator wieder auf. Entwirft Platten- und CD-Cover. Sein Name findet sich im Impressum einiger Death-Metal-Fanzines mit geringer Auflage. Im Mai '92 übergießt er sich mit Benzin und verbrennt auf dem Balkon seines Münchner Apartments. Wird posthum zur Kultfigur für eine kleine Gruftie-Gemeinde im süddeutschen Raum. Eine Sammlung seiner Zeichnungen und Bühnenentwürfe erscheint 1996 im X-Verlag, Wien. Laut amazon.de ist dieses Buch noch erhältlich, auf Platz 500.067 der Verkaufsrangliste. Im Web-Verzeichnis deutschsprachiger Zeichner taucht er praktisch nur als Fußnote auf, für seine Illustrationen zu Mirbeaus Roman «Garten der Qualen». (Sonderdruck, München 1979, vergriffen.) Über Johanna war weiter nichts herauszufinden gewesen. Was sie nach einem sicher bewegten Leben an der Seite eines solchen Gatten ausgerechnet an diesen Ort verschlagen hatte, blieb ein Rätsel.

HEILAND

«Warum haben Sie mich geküßt?»
Johanna war aufgestanden, reagierte aber freundlich, tänzelte
in ihren weißen kleinen Turnschuhen durch die Wiese, zu ei-
ner gesummten, mir unbekannten Melodie. Ich zerschlug
eine Mücke in meinem Nacken.
«Keine Ahnung.»
«Mich mag das Stechzeug nicht. Mein Blut ist nicht so süß,
glaub ich.» Sie strahlte dankbar. Fragte nach meinem Beruf.
Arzt.
Was für ein Arzt? Gynäkologe? Ob ich ein Gynäkologe sei? Der
im Ort tauge nichts und sehe sie oft lüstern an und wäre alt
und bösartig.
«Nein, ich bin eher sowas wie Dr. Kappler. Sie kennen Kapp-
ler?»
Sie stutzte, überlegte, hielt einen Finger an den Mund beim
Überlegen. Putzig und abgefeimt.
«Ach, Kappler … Der blöde alte Kerl. Hat meinen Mann frech
angeredet. Da haben wir ihn rausgeworfen. Hmmhm.»
«Ich würde Ihren Mann nicht frech anreden. Vorausgesetzt,
ich würde ihn mal kennenlernen.»
«Im Moment ist er nicht hier.»
«Ich weiß.»
«Was Sie alles wissen. Sie sind ein ganz Gescheiter. Recht
pfauenhaft sind Sie, und ganz skrupellos, nicht wahr?»
Wie sie auf so etwas komme?
Da bückte sie sich zu mir herab und streichelte meine Wange,
mit zwei Fingern, strich mir durchs Haar und drückte ihren
Daumen auf meine Lippen.
«Lügen hilft nichts. Wollen wir zusammen schlafen?»

«Die Frage kann ich alleine nicht beantworten.»

«Ich liebe es, auf dem Gynäkologenstuhl genommen zu werden. Aber der alte Lüstling nimmt mich nie, steckt immer nur seinen Finger in mich rein. Mit Gummi drauf. Ich wollte, ich hätte einen Gynäkologenstuhl für zuhaus. Wir hatten ja mal einen. Ralf hat ihn mir gekauft. Ich weiß gar nicht, wo er jetzt ist.»

«Ralf?»

«Nein, der Stuhl. Ach so. Ralf ist mein Mann.»

«Und Sie wissen nicht, wo er grad ist?»

«Der Stuhl?»

«Ralf.»

Ihre Lippen schoben sich, wenn sie grinste, weit auseinander, zeigten makellose Zähne und viel Zahnfleisch. Ihre Pupillen waren groß, als hätte sie sich Belladonna aufgeträufelt. Merkwürdig, daß mir zuvor nie die Idee gekommen war, sie könne unter Drogen stehen. Und als ich diesen Gedanken dachte, war es mir, als stünde ich selbst unter dem Einfluß betäubender Substanzen. Diese Frau brachte mich durcheinander. Meinem Blick fehlte jede Objektivität. Ich hatte massive Lust, gynäkologischen Mißbrauch mit ihr zu treiben. Gleich jetzt. Die Erektion schmerzte. Eine jener Erektionen, von denen man glaubt, sie könne der Umwelt unmöglich verborgen bleiben.

Im Freibad hat man sich auf den Bauch gelegt, um das zu verbergen. Und rannte, wenn im großen Becken Wellen gemacht wurden, dort hinein, um die monströse Schwellung loszuwerden, in heimlicher Handarbeit. Ja, so fühlte ich mich – wie ein schamhaft erigierter Jugendlicher, der seine Ekstasen ganz nah neben der Angebeteten auslebt, von ihr unbemerkt. Die Reminiszenz war so stark, ich glaubte sogar Chlorgeruch zu riechen und den steril-verschwitzten Duft der Umkleidekabinen. Wenn man das Sperma auf dem Boden mit den Fußsoh-

33

len verstreicht, bis es nicht mehr als Zeichen einer Übertretung erkennbar ist.

«Was ist denn nun?»

«Was ist was?»

«Wollen Sie mein Heiland sein oder mein Galan?»

Solches Zeug redete sie daher. Unter einer Persönlichkeitsspaltung Leidende symptomatisieren sich häufig durch verschrobene Wortwahl, allerdings wird in der überwältigenden Mehrzahl der Fälle gehobenes Vokabular durch vulgäres ersetzt, nicht umgekehrt.

Was sollte ich antworten? Die Frage machte mich zornig. Wäre ich jetzt gegangen, würde sie mir das vielleicht als Schwäche und Unentschlossenheit angekreidet haben. Hätte ich ihr die Kleider vom Leib gerissen, vermutlich hätte sie mich in einer Schublade abgelegt, aus der heraus mir nie mehr ein Weg in ihr Inneres offengestanden wäre.

«Weiß noch nicht.»

«Idiot.»

«Was würde Ihr Mann denn dazu sagen?»

«Er würde Sie töten.»

RECHERCHE II

Am nächsten Morgen lag in der einzigen Buchhandlung des
Ortes ein Exemplar von Palms nachgelassenen Zeichnungen
für mich bereit.

Finsterer Kram, auf furchteinflößende Art begabt. Monumentale Landschaften aus divers strukturiertem Gestein, zerklüftete Felsen, schmale Durchbrüche, Kavernen, Abgründe,
scharfe, präzis schattierte Kanten aus Schiefer, am Bildrand
manchmal ein verwitterter Monolith als einziges Verdachtsmoment ehemaliger Belebtheit. Keine Menschen. Nur, quasi
wie in einem Bilderrätsel gut versteckt, in den Fels integrierte menschliche Organe und Gliedmaßen. Manchmal auch ein
Messer, oder ein Aschehaufen inmitten von wuchtigen Steinen einer aufgegebenen Feuerstelle. Keine Lichtquellen, bis
auf die Ahnung von Mond- oder noch fernerem Licht, das
dann immer nur einen kleinen Bildausschnitt erhellte. Keine
Farben außer Grau und Schwarz. Erstaunlich, welch feine Plastizität Palm damit erreichte.

Das Ganze sah aus, als hätte Caspar David Friedrich posthum
im Hades gemalt, bar jeder romantischen Hoffnung und Sehnsucht. Neben diesen chthonischen Stimmungen aus Kreide
und Kohle gab es eine ganz andere Sorte von (Buntstift-)
Zeichnungen. Das waren Aktstudien mit obligater Verwundung. Sie machten nur etwa ein Drittel des Bandes aus, und
das einzige Modell, das von Palm dafür verwendet worden war,
war Johanna. Er hatte es verstanden, ihr Antlitz mit sehr wenigen Strichen unverwechselbar zu gestalten, obschon er sonst
auf Gegenständlichkeit wenig Wert legte. Jeder der dargestellten Körper trug deutlich sichtbar eine Verwundung, ob es
nun eine feine Messerwunde war, ein klaffender Schlitz oder

ein abgesägtes Bein, Ohr, Knie. Manches erinnerte an die frühen Zeichnungen Rudolf Schlichters, reduziert um dessen sexuelles Moment. Es war Palm nicht darum gegangen, Geschlechtsmerkmale hervorzuheben oder im Betrachter – wenn auch sadistische – Lüsternheit zu erregen. Andererseits betrieb die Darstellung auch keine Provokation mit purem Ekel. Die Kühle, mit der verwundete Körper vorgeführt wurden, besaß etwas fast Elegantes. In meinen Augen war Palms Intention gewesen, Körper und Wunde als etwas selbstverständlich Zusammengehörendes zu zeigen, der Wunde ihre Exzeptionalität zu rauben und den Körper drum herum zu plazieren, als der Wunde natürliche Behausung. Genau.

Palm verwendete keine Titel, aber hätte es einen gebraucht, wäre mir zu diesem Zyklus etwas wie «Schnittstellen mit organischer Umgebung» eingefallen. Aus dem Band ein Bild vom Charakter des Künstlers zu gewinnen, wäre Scharlatanerie gewesen, sogar mit den kargen Fakten seiner Vita im Kontext. So etwas ist Unsinn. Früher einmal hätten sicher irgendwelche Analytiker aus dem vorliegenden Material Schlüsse gezogen, hätten behauptet, Palm habe dem Modell Verletzungen zufügen wollen, zu denen ihm in der Realität der Mut fehlte, andere hätten umgekehrt argumentiert, die Zeichnungen unter das Oberthema «Verlustangst» gestellt und eine starke Affinität zum Modell diagnostiziert. Kunst jedoch entsteht aus so vielen, chronologisch oft weit auseinanderliegenden Ursprungsfaktoren, samt deren immanenten Negierungen, Bearbeitungen, Synekdochen und Ironisierungen, daß aus ihr absolut nichts Privates abzulesen ist. Basta, punktum.

Dieser Glaubenssatz ist recht unbequem, wenn man so wenig zur Verfügung hat, um aus unklarer Sachlage heraus Psychogramme zu erstellen. Mich strikt jeder angebotenen Spur zu verweigern, mir Offenheit zu bewahren, war der erste Grund-

36

satz meiner Vorgehensweise. Scheinbar stellt es einen Widerspruch dar zu dem, was ich alles aus Johannas erstem Anblick ableitete. Kunst ist aber Kunst. Sonst nichts.
Ein Anblick ist hingegen alles.

Aus dem Band erfuhr ich dank des Nachworts weiterhin dies: Johanna war Schauspielerin in seinem Ensemble gewesen, sie mußten sich 1978 kennengelernt haben, wahrscheinlich kurz nach seinem ersten Gefängnisaufenthalt. Schauspielerin. Alles, was sie mir bisher gesagt hatte, schuf um sich eine neue Dimension.

«Wortlos?»
«Was?» Sie hatte nach der Hummel gesucht, im Gras, und mich vergessen.
«Wie würde er mich denn töten? Welche ist seine bevorzugte Tötungsart?»

Sie mußte überlegen.
«Irgendeine, die sich so ergibt.»
Die Grundfrage mußte lauten: Warum duldet sie mich in ihrer Nähe? Und wozu?
«Sie waren Mitglied in seinem Ensemble?»
«Ja. Das ist richtig.»
«Welche Rollen haben Sie da gespielt?»
«Rollen? Nein, wir waren frei von Rollen. Wir waren wir. Spielten mit uns selbst.»
«Spielen Sie auch heute noch manchmal? Zum puren Vergnügen?»
«Aber ja.» Sie zeigte mir den Zeigefinger. «Warum? Wünschen Sie mich auf eine Rolle festzulegen?»
Der Fall lag noch viel komplizierter als ich gedacht hatte.
«Lieben Sie Ihren Mann?»

37

«Nein, er ist ein Monstrum. Ja, ich liebe ihn, selbstverständlich.»

Ich preßte meinen Kopf zwischen ihre Beine, versuchte, einen speziellen Geruch zu erschnüffeln.

«Was tun Sie denn?»

«Ich möchte Ihnen so gern wehtun.»

«Warum?»

«Weil es sein muß.»

Es schien sie zu belustigen.

«Führen Sie doch einen spitzen Gegenstand in mich ein. Ralf hat oft spitze Gegenstände in mich eingeführt. Kugelschreiber zum Beispiel.»

Das wars. Sie hatte von Ralf Palm in der Vergangenheit geredet. Ich war der genialste Psychotherapeut der Welt. Und gab ihr eine Ohrfeige. Eine kräftige. Drehte mich um und ging. Ohne Blick zurück. Wenn sich jemals jemand triumphal zurückgezogen hat, dann war ich das. Ich ich ich.

Da zum ersten Mal kam mir der Verdacht, der mein Leben nach und nach zerstören sollte. Wie der letzte Schimmer einer untergehenden Sonne leuchtete die Frage tief in mich hinein: Wer bist du? Und warum bist du so?

Aber es war zum Glück nur ein allerletzter Schimmer, den die Dunkelheit binnen Sekunden schluckte.

RECHERCHE III

Meinem Adlaten an der Universität München gab ich den Auftrag, bei den lokalen Behörden Palms Begräbnisstätte zu erfragen, zu fotografieren und das Foto per Fax an Kapplers Adresse zu senden. Zwei Tage später bekam ich einen Rückruf.

Ralf Palm war nicht in München begraben, sondern in das Familiengrab seiner Eltern überführt worden, welches weniger als zwanzig Kilometer entfernt von hier auf dem kleinen Dorffriedhof von D. lag. Konnte das der Grund sein, warum sich Johanna diesen Ort ausgesucht hatte? Um nah bei ihm und doch nicht völlig ländlich zu leben? Es verwirrte mich. Sie leugnete offensichtlich Palms Tod. Vielleicht gab es aber Momente, da sie ihren Körper ganz, oder fast ganz, für sich besaß. Ging sie in jenen Momenten an sein Grab und trauerte? Unvorstellbar. Das würde zu Paradoxien und Kollisionen führen. ‹Er› würde das nicht zulassen. Oder doch?

Wenn ich dies jetzt niederschreibe, fühle ich meine damalige Unsicherheit wieder und bemerke, wie lange ich diese Unsicherheit zu konservieren versuchte. Denn sie war erregend wie jedes Symptom eines Phänomens, das vordergründig undurchschaubar scheint, mit einiger Zeit und Mühe aber zu bewältigen ist. Kümmern wir uns je um nicht lösbare Rätsel? Nein, insgeheim, so wir uns in eines vertiefen, glauben wir an seine Lösbarkeit, glauben an den Gewinn, der hinter allen Mühen auf uns wartet. Ich war damals überzeugt, Johanna verstehen, vielleicht sogar heilen, auf jeden Fall zerstören zu können. Wenn ich ehrlich bin, war ‹heilen› von allen eben genannten Möglichkeiten die am wenigsten verlockende.

FURCHT

Zwei weiße Kerzen erleuchteten das Wohnzimmer. Vor den Fenstern waren die Rolläden nicht heruntergelassen. Jeder hätte uns von der Straße aus beobachten können.

Sie sagte, daß es ihr leid täte. So kompliziert zu sein. Ich zuckte mit den Achseln, hatte ihr keinen solchen Vorwurf gemacht.

Wir aßen frisches Brot, das Johanna mit einem gewaltigen Messer von einem gewaltigen Laib schnitt. Dazu, aus einer Porzellanschale, grüne griechische Oliven. Entkernten sie im Mund und legten die Kerne vor uns auf das leicht staubige Holz des Eichentisches. Johanna häufte die Kerne zu kleinen Pyramiden, ich legte sie in Reihen von jeweils drei Stück nebeneinander. Schlachtordnungen. Entwürfe.

Wir tranken einen trockenen italienischen Weißwein, und die Art, in der unsere Hände die Gläser hielten und berührten, stellte eine kaum verborgene sexuelle Handlung dar, eine stellvertretende Zärtlichkeit, die uns beiden bald bewußt wurde und die wir unverhohlen aneinander betrachteten.

«Erzählen Sie mir etwas über Ihren Mann.»

«Wieviel wissen Sie denn bereits?»

«Wenig.»

«Sie sehen ihm ein wenig ähnlich.»

«Ach?»

«Ja, er hat Ihre Mundpartie. Ihr Mund ist ein einziges Plagiat.»

«Das hab ich nicht gewollt.»

«Macht nichts. Ein großes Mundwerk macht noch keinen großen Mann.»

Sie schüttete mir den Inhalt ihres Glases ins Gesicht. Und kicherte dazu.

«Das war für die Ohrfeige. Sieht gut aus, wenn Sie tropfen.»

Ich nahm ihr den Seidenschal vom Hals, trocknete mich ab damit. Warf den Schal danach weg. Die verächtliche Geste fand Zustimmung.

«Sie können mich küssen, wenn Sie wollen.»

Der Satz stand im Raum. Aber wer von uns hatte ihn ausgesprochen? Ich bin mir ehrlich nicht mehr sicher. Oder war unser beider Denken so laut geworden? Hatte es sich mit vereinigten Kräften in Laute verwandelt?

«Verschwinden Sie.» Johanna herrschte mich an. «Hauen Sie ab!»

«Was ist los?»

«Geh weg! Schnell!»

Sie duzte mich zum ersten Mal. Ich spürte, daß Gefahr für mich entstand. Johanna griff nach dem Brotmesser, aber so, als wolle sie mich mit dem Messer gegen irgendwen verteidigen. Wiederholte: «Schnell!»

Und ich drehte mich um, ging, nein, *rannte* aus dem Zimmer, von panischer Angst erfüllt, blieb danach, völlig unlogisch, als sei ich bereits in Sicherheit, hinter der geschlossenen Haustür stehen, atmete tief, atmete gegen die Nacht an, zornig darüber, daß eine zerbrechliche Frau mit drei, vier Wörtern ein solches Zelt aus Furcht über mir ausgebreitet haben konnte. Vielleicht war es eine spontane Rechtfertigungstaktik beleidigter Männlichkeit, aber ich war mir in diesem Moment nahezu sicher, daß bei einer verzögerten Flucht mein Leben an diesem Abend, in diesem Zimmer hätte enden können.

Es erregte mich maßlos.

CASINO

Am nächsten Tag kehrte Sylvia aus Wien zurück. Überrascht, mich hier noch vorzufinden.

Kappler hatte ihr gegenüber jede Warnung versäumt. Mit Absicht? Kann sein. Ganz durchschaut hab ich ihn nie.

Sylvia wußte nicht, wie sie sich verhalten sollte. Ihr Blick war scheu und nervös, sie mußte annehmen, daß ich auf ihre Rückkehr gewartet, daß ich die sechs Tage beharrlich ausgesessen hatte.

Ich nahm sie beiseite, erklärte ihr meine Gründe. Die Reaktion war überraschend boshaft. Ob ich ihren Mann etwa in dieser Sache vorführen, dort erfolgreich sein wolle, wo er zuvor versagt hatte?

Der Vorwurf war mehr als abseitig. Ich rief Kappler zu uns, fragte, ob er das ähnlich empfände, ob ich hier stören würde. Er lachte.

«Unsinn», sagte er im Beisein seiner Frau, «merkst du denn nicht, daß sie nur eifersüchtig ist?»

Sylvia wurde rot, kniff die Lippen zusammen, schien das überhaupt nicht witzig zu finden.

Natürlich wurde sie nicht wirklich rot, wer wird das schon noch? Inwendig vielleicht. Mit der Ausrede, sich unbedingt sofort duschen zu müssen, ließ sie uns stehen.

«Fritz, wenn du meinst, dann nehm ich mir ein Hotel.»

«Unsinn», wiederholte er und boxte mich leicht gegen die Schulter. «Sie mag dich, glaub mir, sehr.»

«Ja?» Ich versuchte, der Silbe einen Klang von Unschuld zu geben. Über das Ergebnis kann man streiten.

«Laß uns heute abend schick essen gehen, hm? Auf meine Kosten.»

Wie Fritz ‹auf meine Kosten› betonte, gefiel mir nicht.

«Ich bin bei Johanna eingeladen.»

«Ach ja?»

Wieso fragte er nach? Hatte er die Lüge herausgehört?

«Ich kann es verschieben.» Plötzlich war mir, ziemlich spät eigentlich, bewußt geworden, daß ich diesen Abend meinen Gastgebern schuldete, um nicht als völlig unhöflich zu gelten. Würde sich der Fall hinziehen, mußte ich mit Fritz und Sylvia unbedingt ein alle Seiten befriedigendes Arrangement treffen.

Wir tranken Whisky. Sylvia kam nach einer Stunde in den Garten, nur mit einem Bademantel bekleidet, schnappte sich ein Glas, ließ sich einschenken und bat mich um Verzeihung. Die Zustände in Wien trügen an ihrer Überreiztheit schuld. Es folgten lange Geschichten über die Zustände in Wien, über ihr dortiges Engagement an der Universität, wo sie unter anderem ein Projekt betreute, das sich um irgendeine soziologische Langzeitstudie drehte, ich weiß es nicht, es interessierte mich auch nicht.

Fritz und sie hatten sich vor zehn Jahren in der Mensa kennengelernt, kurz bevor er nach München wechselte und mein Doktorvater wurde. Abends gingen wir ins Casino-Restaurant, saßen draußen, ich hörte unendlich viele Mensa-Geschichten, Sylvia turtelte mit dem alten Sack bis es peinlich wurde, rieb ihr Knie an seinem, küßte mehrmals ein Ohr, aus dem lange weiße Haare sprossen, einmal zwinkerte sie auch mir zu, ohne daß ich sicher sein konnte, wie es gemeint war. Die Kellner bedienten flink, und es gab im Gras die letzten Glühwürmchen zu beobachten. Wir tranken zu dritt zwei Flaschen Champagner, danach verspielten wir beim Blackjack ein professorales Monatsgehalt und gewannen die Hälfte davon ausgerechnet an den Slot-Maschinen zurück. Ich dachte die ganze Zeit über an Johanna, nahm den Abend als lästiges Intermezzo und befürchte, nicht sehr amüsant gewesen zu sein. Später vielleicht, an der Casino-Bar, machte ich Punkte gut. Kann mich kaum erinnern. Caipirinhas wurden serviert. Ich haßte Sylvias Unart, bei geöffnetem Mund das zerstoßene Eis zu zerbeißen.

Wir kamen schwer angetrunken heim. Fritz legte sich gleich schlafen. Über den Flur hinweg war sein Schnarchen zu hören. Im Bad, beim Zähneputzen, prüfte ich mein Gesicht, wie man sein gesamtes Leben vor dem Zubettgehen noch einmal prüft und selten zu eindeutigen Ergebnissen kommt. Drückte den Talg aus meiner Nase, rieb ihn in ein Papiertaschentuch. Sylvia stand plötzlich unter dem Türrahmen, blieb dort wohl eine halbe Minute stehen, glitt dann wortlos in den Raum, hockte sich auf die Klomuschel und pißte. Ich zeigte ihr meinen halb erigierten Schwanz, hielt ihn ihr hin. Sie lutschte dran herum, mit geschlossenen Augen. Es wäre mir in dieser Nacht nicht mehr gekommen. Zuviel Alkohol. Ich entzog ihr das Ding, schob es in die Hose und drückte die Spülung. Sylvia war im Sitzen eingeschlafen. Sie taumelte, als ich sie in ihr eheliches Schlafgemach bugsierte.

Vor dem Einschlafen malte ich mir noch aus, wie Sylvia für meine Belange zu verwenden wäre.

Vielleicht würde ich Johanna darum bitten können, Sylvia in ihrem Wohnzimmer ficken zu dürfen, sie, Johanna, dürfe gern zusehen und sich dabei selbst befriedigen. Abenteuerlicher Gedanke. Viel zuviel Alkohol.

BEFRAGUNG III

Ob ich mit Frau Palm jemals intim geworden sei.
Keine Ahnung, nein.
Wie – keine Ahnung?
So, wie ich es sage. Keine Ahnung.
Ob wir nicht zusammen geschlafen hätten.
Naja, das schon.

MARILLENLIKÖR

Ich hatte mir Kapplers Fotoapparat geliehen, fuhr mit dem Taxi die zwanzig Kilometer ins Dörfchen D. und fand das Grab auf Anhieb. Es sah eher pflegeleicht als gepflegt aus. Schlichter ovaler Stein aus grauem Quarzit. Ohne Kreuz. Eingraviert die Namen und Daten der Verblichenen, deren Verwandtschaftsverhältnisse untereinander aus den Angaben nicht eindeutig hervorgingen. Verwelkte Primeln, ein zerschmolzenes Windlicht. Der Friedhof schmiegte sich eiförmig um die neobarocke Dorfkirche, war bis auf den letzten Platz belegt und von einer hüfthohen weißen Mauer begrenzt. Ob Ralf Palm sich diese Ruhestätte selbst gewählt hatte? Ich hegte Zweifel. Eine alte Frau in rustikalem Schwarz beobachtete mich beim Fotografieren. Sie trug eine in der Sonne blitzende nagelneue Stahlgießkanne und grüßte nicht zurück. Kam dann doch her, fixierte mißtrauisch die Kamera, blieb stumm.

Ob sie öfters hier sei, fragte ich, ob sie die Palms vielleicht gekannt habe.

Ein halbes blödes Nicken war die Antwort. Ihr Kopf senkte – und hob sich nicht wieder. So blieb sie vor mir stehen, scheinbar in den Anblick meiner Schuhe vertieft.

«Auch den Sohn? Ralf?»

«Nein …»

Mit einem Mal redete sie, und ganz deutlich, überartikuliert, wie man Fremden zuliebe einen schweren Dialekt unterdrückt.

«Nein, der Ralf – ja, als Kind, ja. Dann ist er weg. Aber die Palm, die kenn ich.»

«Ach – kommt die denn oft her?»

«Oft, ja.»

Der Greisin Augenpaar war kaum mehr zu erkennen, verbarg sich hinter engen, umwulsteten Schlitzen. Das Kopftuch verschattete ihr gelb ledernes Gesicht, jedwede feinere mimische Regung ging im Faltenwurf verloren, während die Haut an den Wangenknochen straff und reptilienartig gezeichnet wirkte. Das Leben hatte ihrem Antlitz Individualität geschenkt und wieder geraubt, hatte eine Maske aus dem Vorprogramm des Todes geformt. Sie mußte an die neunzig Jahre zählen. Es gibt eine Ästhetik des Alters. Und den Beginn des Grauens, wenn Verklärungen nicht mehr greifen. Ihr Gesicht war in jenen Prozeß der Entpersonalisierung getreten, an deren Ende der Totenschädel steht. Von daher nahm ich viel Distanz ein zu dem, was sie sagte, verdächtigte jedes Wort seniler Wichtigtuerei. Ihre Behauptung, Frau Palm besuche den Friedhof beinahe täglich, schien jeden Vorrat an Wahrscheinlichkeit zu überfordern. Ich zuckte zusammen, als die Greisin boshaft von Frau Palm als einer hochnäsigen alten Vettel ohne Manieren sprach. Wir meinten keineswegs dieselbe Person.

Ralf Palms Mutter, Charlotte, ihre Adresse erfuhr ich aus dem Telefonbuch, lebte hundertfünfzig Meter vom Friedhof entfernt in einem Gäßchen unterhalb der Hauptstraße. Vierparteien-Mietshaus, rosa Klinker, erster Stock, das Namensschild handgeschrieben. Dunkler Flur, knarzende Treppen. Ein verfilzter Schuhabstreifer aus Bürstendraht vor der Sperrholztür. Niemand öffnete auf mein Klingeln. Ich versuchte es an den anderen Türen, gleichfalls vergeblich. Als ich das Häuschen eben verlassen wollte, trat ein junger stämmiger Kerl in den Flur, nach dem Ölschmutz auf seinem Blaumann vermutlich Mechaniker. Ob Charlotte Palm noch hier wohne, fragte ich ihn.

«Ja. Haben Sie geklingelt?»

«Das hab ich.»

«Das hört die nicht. Sie müssen bumpern. Kommen's mit.»
Er stieg vor mir die Treppe hinauf, hämmerte oben gegen die
Tür mit seinen riesigen Pratzen, und, als habe er ein ‹Herein›
gehört, drückte er die Tür einfach auf und winkte mir.
«Die Charlie ist stocktaub. Charlie?» Er rief in das Zimmer,
ungeachtet dessen, was er eben behauptet hatte. Aber vielleicht versetzte seine voluminöse Stimme irgendwas in diesem alten Haus in Schwingungen und verständigte Charlotte
Palm so von meinem Besuch.

Sie kam zur Tür, eine schlohweiße Frau von etwa siebzig und
noch aufrechtem Gang.
«Da will dich jemand sprechen.» Der junge dicke Mann wandte sich zu mir. «Sie hat Kärtchen und Bleistifte.» Er machte
ihr das Zeichen für ‹Kärtchen und Bleistifte›, sie drehte sich
um, holte Kärtchen und Bleistifte, ich stand an der Tür, der
Bursche glotzte mich an, sehr aufdringlich, sehr unangenehm
– und ich dankte ihm für seine Freundlichkeit. Er ging nicht
weg. Wollte unbedingt mitbekommen, was ich denn von der
Alten wollte. Die reichte mir ein ‹Kärtchen› – eher einen Pa-
pierschnipsel – und sah mir erwartungsvoll beim Schreiben
zu.

Ich schrieb meinen Namen und: *Können wir uns über Ihren Sohn
unterhalten?*
Da lachte mir der dicke Kerl über die Schulter und rief: «Und
wie! Die Charlie tut überhaupt nix lieber als das!»
Die taube alte Frau faßte meinen Arm, führte mich in die
niedrige Stube, drückte mich in ein durchgesessenes, zer-
schabtes Sofa, so blaßrot wie das lange seltsame Kleid, das sie
trug. Auf dem Tisch stand ein Krug Wasser, sie bot mir mit
Gesten ein Glas an. Der Mechaniker rief noch etwas, das ich
nicht verstand, schloß dann die Tür von außen.

Stille. Lange Stille.

Charlotte Palm ähnelte ihrem Sohn kaum. Er – mir lag allerdings damals ein einziges Photo vor – hatte etwas expressiv Nordisches besessen; das starke Kinn, die hohe Stirn, hervortretende Wangenknochen und eine schmale, leicht hakige Nase, dazu sein gewelltes Haar, von dem einige Strähnen links und rechts der Augen lose herabbaumelten, ganz wie bei positiven Helden der Stummfilmära, ein Typus, der später noch in russischen Propagandastreifen auftauchte. Spätestens mit Beginn der Siebziger hatte Palms Physiognomie etwas völlig Anachronistisches bekommen. Vielleicht hatte er sich deshalb für den langen schwarzen Mantel entschieden, die Reitstiefel, den dünnen, bis weit unter die Mundwinkel reichenden Mexikanerbart.

Charlotte Palm wirkte aufgrund meiner Begegnung mit der noch viel älteren Frau auf dem Friedhof gewiß lebhafter, als sie objektiv war. Sie strahlte mich erwartungsvoll an. Ihr püppchenhaftes, stupsnasiges Gesicht, breit und von gesundem Teint, entsprach filmtypologisch absoluter Harmlosigkeit, einer hintergrundslosen Frohnatur. Und das Ärmliche der kleinen Zweizimmerwohnung bekam durch ihre kindliche Freude, die von keinerlei Mißtrauen getrübt schien, etwas sonderbar Idyllisches. Als wäre es kein realer Ort gewesen, sondern der zwar erbärmliche, jedoch detailliert geschilderte, somit an Bildkraft reiche Schauplatz aus einem Paris-Roman von Flaubert. Als das Sehen das Kino noch vorwegnehmen mußte.

Einzelheiten blieben mir nicht haften, aber ich weiß noch, daß sich das Sonnenlicht im Fenster brach und in den schmuddeligen Raum ragte wie die silbern transparente Fläche eines plan in der Luft schwebenden Hologramms. An die Schönheit dieses Lichteinfalls erinnere ich mich, an das Schimmern auf dem Wachstischtuch zwischen uns, und das

49

zitternde, hauchdünne Glitzern des Wassers in der bläulichen
Glaskanne.

Sind Sie – schrieb ich auf das Kärtchen – *wirklich die Mutter des
Ralf Palm, gestorben im Mai '92?*
Nur um weitere Mißverständnisse zu vermeiden. Sie las und
lächelte, schrieb und reichte mir die Karte.
Ja, das bin ich. Und Sie?

*Ich bin ein Bewunderer seiner Zeichnungen und habe vor kurzem seine
Frau, Ihre Schwiegertochter, kennengelernt.*

Sie hatte offensichtlich Schwierigkeiten, meine Schrift zu
entziffern, und ich schrieb ein paar Wörter nochmal, in Groß-
buchstaben:
‹BEWUNDERER› und ‹SCHWIEGERTOCHTER›.

Ihr seliges Strahlen verflog. Erschrocken musterte sie mich,
mit offenstehendem Mund. Dann, wohl weil meine Augen die
braunen Zahnstümpfe darin nicht loslassen konnten, drehte
sie den Kopf zur Seite, in Richtung des Fensters.
«Sie sind ein Freund von Johanna?»
«Nein, das kann man …» Ich verstummte, war verwirrt. Charlotte Palm hatte bisher kein Wort gesprochen, und ich hatte
nichts Unnatürliches dabei gefunden, obwohl niemand sie
taubstumm genannt hatte, nur eben taub. Plötzlich mit ihrer
krächzenden Stimme konfrontiert zu werden, kam dem
schockhaften Erwachen aus einem Tagtraum gleich, prompt
bot die Wohnküche nichts, aber gar nichts Idyllisches mehr,
war nur noch fettig und traurig und düster. Es war unser
Schweigen gewesen, Stille, die sich im Komplott mit dem
Licht zu etwas Zauberhaftem verwandelt hatte.

Nein, das kann man nicht sagen. Kein Freund. Ich glaube, daß Johanna krank ist.

Sie nickte heftig, als sie das las. Und machte hinter dem Wort krank drei Ausrufezeichen.
«Ein böses Weib. Mein Sohn hat sie geliebt, er war leider auch ein wenig krank. Abgöttisch hat er dieses Biest geliebt.»

Und sie? Sie hat ihn nicht geliebt?

Charlotte Palm zögerte mit der Antwort, dann, wie davor zurückscheuend, es laut zu sagen, schrieb sie auf die Rückseite des Kärtchens:

Doch. Auf eine merkwürdige Art.

Inwiefern merkwürdig?

Ich glaube, daß sie ihn umgebracht hat.

War es denn kein Selbstmord?

Sie schrie auf, zerknüllte das Kärtchen in der Faust, ihr ganzer Körper begann zu zittern. «Mein Sohn war nicht der Mensch, sich umzubringen. Egal, was behauptet wird.»

Die Luft wurde stickig und schwer, es roch plötzlich streng nach alter aufgeregter Frau.
Geruchsfetzen meiner Kindheit kamen wieder, die Sterbekammer der Großmutter, das Gemisch aus Schweiß, Inkontinenz und feuchtem Linoleum.
«Er hat's nicht getan, nein! Nie glaub' ich dran, daß er's getan hat. Wenn, so hätt' er mir geschrieben. Gewiß hätt' er mir ge-

schrieben und wenn's nur eine Zeile gewesen wäre, er schrieb nämlich oft, wissen Sie? Ein guter Sohn. Ein liebevoller Sohn. Bis zuletzt. Selbst jetzt kommen noch Briefe. Die sind nicht von ihm, aber ... Was? Was haben Sie gesagt?»

Ich hatte nichts gesagt.

Dürfte ich diese Briefe einmal sehen?

«Ach, nein, nein, die sind für mich, nur für mich, es hilft ja nichts, lassen Sie mir meinen Frieden!» Sie hob beide Hände über ihren Kopf und wackelte damit. «Wer weiß denn, was Sie wollen? Mein Sohn war ein wunderbarer, ein sanfter Mensch, ein Künstler. Gehen Sie! Bitte!»

Mir war vom Geruch ein wenig übel. Alles hier schien von einem klebrigen dünnen Fettfilm überzogen, Moder und Mauerschwamm hatten ein kaum optisch, mehr haptisch wahrnehmbares Spinnennetz vors Licht gehängt, das alles im Übermaß porös und vergänglich aussehen ließ, bestenfalls noch museal. Ich hatte es falsch angepackt. Die alte Frau konnte anderntags wahrscheinlich einfacher umgestimmt werden. Froh, dort herauszukommen, reichte ich ihr die Hand zum Abschied. Sie nahm sie nicht, hielt den halbvollen Wasserkrug fest an ihren Bauch gepreßt und tat beleidigt, starrte zum Fenster, als habe ihr Blick Mühe, diese Strecke zu überwinden bzw. die Verbindung zum Licht aufrechtzuerhalten.

Oben an der Hauptstraße, beim Warten auf ein vorbeikommendes Taxi, fiel mir das Fläschchen Marillenlikör ein, das in meiner Manteltasche die ganze Zeit über vergeblich darauf gewartet hatte, verschenkt zu werden. Der Lapsus, es mag lächerlich klingen, beschäftigte mich noch stundenlang.

HALS

Spätnachts, Fritz hatte uns nicht mehr begle[...]
nierte Sylvia mit mir am Seeufer entlang. Wir redeten über
alte Filme, küßten uns wie Schauspieler aus alten Filmen. Redeten dummes Zeug. Was Substanz besaß, wurde in Andeutungen verhandelt. Wir gaben uns keine Blößen mehr.
Sie versuchte zu verstehen, weshalb mein Interesse an ihr er-
loschen war. Ließ den Verdacht durchblicken, meine Ge-
fühlskälte sei vorgeschoben, um sie aus der Reserve zu locken.
Sie hatte Angst gehabt vor einer Affäre, aus der vielleicht ‹zuviel› geworden wäre. Nun zeigte sie sich verstört und beleidigt. Was wäre dieses ‹Zuviel› denn schlimmstenfalls gewesen? Künftig an meiner Seite zu leben? Ihr Taschengeld von
meinem Konto abzuheben? Alles andere hätte Kappler ihr bestimmt verziehen.
Seltsam, zu sehen, wie wenig manche Menschen aufs Spiel
setzen, wo ihnen doch so viel zur Erfüllung fehlt. Seltsam
auch, daran zu denken, daß ich vor kurzem noch mit einem
Photo Sylvias auf der Brust jede Nacht onaniert hatte. Was war
mit mir geschehen, daß ich nicht einmal mehr ihren Körper
benutzen wollte? Die nächstliegende Erklärung: keine Kom-
plikationen, um meinen Aufenthalt so lange wie möglich zu
gewährleisten. Prima vista plausibel. Die Wahrheit lag woanders. Lag tiefer. In einem Abgrund von Ekel, verschwendeter
Zeit.
Ich hatte mitunter Lust zu sterben, von der Hand einer Frau,
willkürlich und sinnlos, letzter Baustein eines großen, sinnlo-
sen, auf der Erkenntnis allumfassender Unvollendbarkeit ba-
sierenden Plans. Aber Sylvia – nein.

würde sie meine Geringachtung spüren, ging sie stumm neben mir her im Mondlicht, wollte genommen werden, überwältigt, gab sich aus Notwehr gelangweilt. Und ich tat nichts dazu, um ihre Haltung unglaubhaft erscheinen zu lassen. Nichts.

«Gute Nacht, Frau Professor.»

«Arschloch.»

Ein kurzer Gedanke, ein Laut, ihr brechendes Genick, eigentlich ein entzückender Hals.

Der Gedanke erregte mich nicht, noch schien er aus Haß oder Verlustangst geboren. Er war einfach da. Ich wußte nicht, was er in mir zu suchen hatte. Obschon nichts näher liegt, als beim Anblick eines schlanken hohen Halses an dessen Fragilität zu denken, sprach und handelte etwas Fremdes aus mir.

Gegen zwei Uhr morgens öffnete ich das Fenster meines Gästezimmers, sprang, bis auf die Unterhose nackt, in den Garten hinaus, trank eine gute Flasche Zweigelt vom Weingut Krutzler und rauchte, bis die Packung leer war. Ich hatte lange keinen so dichten Sternenhimmel gesehen. Die Milchstraße. Breites Diadem ohne Aufforderung und Antwort.

Ich lag im feuchten kalten Gras und fror, alle viere von mir gestreckt, suchte mir den Erfrierungstod als etwas Rauschhaftes vorzustellen, sog heftig an der Zigarette, genoß ihre Hitze punktuell, wärmte meinen zitternden Körper da und dort, wie in einer Akupunktur aus Feuer. Brannte mir mit der Glut einige Brusthaare ab, bis der Schmerz an die Schreigrenze stieß. Ich hatte Lust, eine Frau zu lecken, von ihr geleckt zu werden. Der Puff am Ortsrand wäre noch offen gewesen. Aber dort würde ich, was ich suchte, nicht gefunden haben. Ohne zu wissen, was das war, wußte ich genug, um stur noch im Gras zu liegen, den Zweigelt auszutrinken, Halme auszurupfen, die letzte Zigarette zu rauchen. Blick nach oben. Jeder Stern ein Grubenlicht, tief in mich hinabgesenkt.

An der Schulter einer selbst weinenden Frau mich auszuweinen, sie flennend zu vögeln, dreckiges Zeug ihr ins Ohr zu schluchzen, während mir der Rotz aus der Nase läuft – einmal hab ich diesen Zustand genießen dürfen, einmal, und es war mir eher nebenbei gekommen, in einem gottverflucht kindischen Kinderspiel, das jetzt erst – spät, viel zu spät – etwas von seiner Unschuld, seiner Göttlichkeit aufleuchten ließ.

Der Sternenhimmel. Gemisch aus verschieden alten Bildern. Museum aus Licht.

STROM

Die Fotos waren bereits am nächsten Tag entwickelt. Munitioniert, nach außen selbstbewußt, in Wahrheit leer und übermüdet, betrat ich die Arena.

Auf ihre Schwiegermutter angesprochen, antwortete Johanna sehr herablassend, bemüht gnädig, als müsse sie einen albernen Jungenstreich verzeihen.
«Du hast sie gefunden? Du bist ja ein Detektiv. Werde ich denn ausgeforscht?»
Die Grabstätte ihres Gatten ließ ich vorerst unerwähnt, redete schamlos lange über den Dorfflecken und die hübsche Tankstelle oben an der Straße nach D., die mit dem gutsortierten Getränkeangebot, ob sie schon einmal dort gewesen sei?
«Und wenn? Die Alte hat mich bei Ralf immer schlecht zu machen versucht. Wir waren seit Jahren nicht bei ihr, zumindest nicht gemeinsam. Er schreibt ihr manchmal, damit ist's auch gut, und alles hat seine Bewandtnis.»

Es ist schwer zu sagen, wann ich aufgegeben habe, Johanna mittels psychiatrischer Systematiken zu sondieren. Die Affinität, die mich, um es vorsichtig auszudrücken, gepackt hatte, war letztlich auch der Grund, auf Aufzeichnungen jeglicher Art zu verzichten. Verlogen wäre gewesen, dieser Angelegenheit einen wissenschaftlichen Anstrich zu geben.
Ich fühlte mich von Johanna infiziert, und anstatt mich zu wehren, begab ich mich nach und nach auf eine Ebene mit ihr. Was ich an ihr heilen wollte, bewunderte und beneidete ich auch. In Johanna war etwas so stark, so ungeheuer lebendig.

Ob es die Liebe war, der Tod, die Sehnsucht, das Aufbegehren – möglicherweise Facetten ein und derselben Energie, die den Kosmos am Leben erhält.

Wir standen auf einem grünen Plateau, etwa zwei Kilometer von ihrem Haus entfernt. Ein Bächlein querte die Weide, fünf Kühe lagen wiederkäuend im Schatten einer breiten Eiche. Ich berührte den Elektrodraht, einzig deshalb, um mir die Stärke des Schlages wieder zu vergegenwärtigen. Das Prickeln war heftig, jedoch nicht halb so unangenehm, wie ich es aus meiner Kindheit in Erinnerung gehabt hatte. Johanna tat es mir gleich, glaubte wohl, daß der Zaun nicht unter Spannung stünde – zuckte zusammen, kiekste, und als hätte ich eine Heldentat vollbracht, sah sie mich bewundernd an, nur weil ich scheinbar regungslos den leichten Stromschlag ertragen hatte. Über den Grad ihrer Intelligenz bin ich mir noch heute nicht im Klaren. Unmöglich, zu sagen, wann sie Kind nur spielte, wann sie es war.

«Die Alte spinnt. Hast du – ach, natürlich hast du, da brauch ich nicht zu fragen – das Grab besucht?» Sie faßte mir quasi in den Ärmel, stahl mir den vorbereiteten Trumpf, den ich erst spät, wenn sonst nichts mehr half, hatte ausspielen wollen. Ihr Blick triefte vor schelmischem Mitleid.
«Ach, *das* Grab!» Ich versuchte mich aus der Peinlichkeit zu nicken.
Sie lachte hell auf. «Die verrückte Kuh hat seinen Namen auf den Stein geschrieben. Sie möchte ihn lieber tot in ihrer Nähe als lebendig woanders.»

Geisteskranken steht oft eine – aus der Krankheit erst ent-wickelte – Verschlagenheit zur Verfügung, deren Konstrukte und Fantasmen indes schnell zusammenbrechen, kennt man einmal den labilen Punkt, von dem aus das alles sich aufbaut. Daran zu rütteln, das Gebäude zum Schwanken zu bringen, hat meist einen völligen Rückzug des Patienten zur Folge. Er flüchtet sich in einen schockartigen Zustand, ist für lange Zeit nicht ansprechbar, negiert das Störgeräusch schlicht aus seiner Welt, bevor er sich ihr wieder zu stellen fähig glaubt. Johanna Palm agierte viel souveräner. Als könne sie mir den ‹Stand meiner Ermittlungen› aus den Augen ablesen, stellte sie sich prompt der Situation, handelte und zwang mich zu improvisierten Zuwiderhandlungen. In ihrem Spiel, sofern man Krankheit auch als Spiel auffassen kann, zimperliche Kollegen mögen mir den Ausdruck verzeihen, mußte *sie* das treibende Moment sein, der Kartengeber. Heute bin ich froh, daß dem so war. Allein meine Niederlagen, nichts sonst, brachten mich in ihre Nähe. Als Gegner verlächerlicht und unterschätzt, durfte ich dort meine Zelte aufschlagen, wo Kappler mit seiner antiquierten Methodik einst davongejagt worden war. In ihren Augen nur ein Sparringspartner zu sein, konnte ich mir so vor meinem Ego als raffinierte Strategie schönreden. Aber umso mehr Johanna mich anzog, weit über die medizinische Dimension hinaus, umso stärker wuchs tief drinnen meine Wut. Meine Zerstörungslust.

Johanna trug an diesem Tag orange, ein schlichtes Leinenkleid, ihre Füße steckten in geflochtenen Ledersandalen. Wohl von meiner Plumpheit enttäuscht, sprang sie einer Ballettnymphe gleich über die Wiese. Schien sich mit dem zu Ende gehenden September zu unterhalten, tankte Licht, ließ es an ihrem schlanken Körper herabrinnen. Beobachtete eine Schnake auf ihrer Schulter, duldete den Stich, ächzte und scheuchte das Tier mit einer grazilen Handbewegung fort. «Glaubst du an die Liebe?» Sie fragte nicht, sie summte es wie den Refrain eines Schlagers, der Antwort nicht erwartet.

«Liebst du mich?» Hechelnd vor Ausgelassenheit sprang sie vor mich hin.

«Na? Na?»

Ich sagte, ich weiß nicht mehr, wahrscheinlich: ‹Ja.›

«Laß uns heut abend tanzen gehn!»

«Ich tanze nicht gern.»

«Du mußt. Sonst kriegst du mich nie.»

Wenige Glanzlichter genügen, um einem beliebigen Leben die Illusion einer parabolischen Signifikanz zu verleihen. Glanzlichter, Augenblicke, in denen wir unsere Sicherheit aufgegeben, uns selbst losgelassen haben. Wenn der Körper zum Testballon wird, und der Orkan noch kein Auge besitzt. Mit zunehmendem Alter nähern sich Erlebnis und Reflexion unendlich einander an, bis sie praktisch zeitgleich den Körper lenken. Oberstes Gebot dieses Gespannes ist, unüberschaubare Risiken für den Körper zu vermeiden. Die bewußte Außerkraftsetzung dieses Gebotes, beim vierzig- bis fünfzigjährigen Mann leichtfertig Midlife-Crisis genannt, ist nicht nur eine Sucht nach Bestätigung, ist auch, in bisher unterschätztem Ausmaß Ausdruck einer Todessehnsucht, ist nichts anderes als eine, wenn auch sozusagen natürliche und gesellschaftlich akzeptierte Form der Geisteskrankheit. Der menschlichen Urgemeinschaft diente ein solches Verhaltensmuster vielleicht dazu, Krieger, deren Kräfte am Schwinden waren, noch einmal so effektiv wie möglich zu gebrauchen und dann loszuwerden.

Wir trafen uns abends in einem der Clubs – Discotheken sagt man inzwischen nicht mehr – schräg gegenüber dem Casino. Der Laden schwelgte in Nostalgie, die Siebziger waren neu aufgelegt worden. Vom Stroboskop strahlte grelles Geflimmer in den Raum, und Projektoren warfen psychedelische Farbgerinnsel an die Wände. Drinks wurden mit kleinen Regenschirmen serviert, die Bedienungen trugen Miniröcke und Rollerskates. Rings um die Tanzfläche waren, Marienbildern gleich, blühende Kakteen in die Wand gestellt, umrahmt mit Leuchtdioden aus Jukeboxen von einst. Der Club war noch nicht stark besucht. Alte, aufgerapte Discohymnen wechselten mit härteren House-Nummern ab, und hin und wieder schob der DJ Fahrstuhlmusik ein, zu der zwei Prolopaare Schieber tanzten. Der Laden war die perfekte Verbindung von Ohnmacht, Vergebung und Ironie. Johanna trug ein beiges kurzärmliges Cocktailkleid aus Ballonseide, keine Strümpfe, wie immer. Sie bewegte sich, egal welche Musik lief, als hätte sie Jahre darauf warten müssen. Ihr Tanz war ein Gebet auf weißen Stilettos. Mich hielt sie nicht für nötig. Hatte mich vergessen. Betete allein. Ich war ihr dankbar dafür. Dachte darüber nach, daß man mir in wenigen Jahren den Zutritt zu einem solchen Schuppen vielleicht verwehren könnte. Vergeuden wir so unser Leben? Mit dem Festhalten an etwas, das uns nie festgehalten hat? Johanna kam, nippte an ihrem Erdbeer-Daiquiri, befand ihn für gut, ließ mich nippen, er war lausig, endet so die ganze Inbrunst? Fast vierzig Jahre alt zu sein, stellt dem Sehen zu viele Retrospektiven entgegen. Und die Verklärungen prasseln nicht durchweg albern auf uns ein, sie sind geladen mit dem, was hätte sein können, im Unterschied zu dem, was da gewesen ist. Immer viel zu wenig.

Johanna trat verschwitzt vor mich hin, leckte meine Wangen. Ihre Zunge schnellte zweimal hervor, berührte jeden meiner Mundwinkel.

«Sei nicht traurig.»

Ich war nicht traurig. Das ist das Elendige daran: Man will auf keinen Fall noch einmal jünger, blöder sein, man will nur auch nicht älter werden, hat trotz aller Erfahrung kein Vertrauen in das Altern, möchte sich und die Welt umher tiefgefrieren, besitzt nicht die Größe, was ist, einfach zu feiern. Schatten haben sich darauf gelegt, noch helle, frische Schatten; man beginnt, in Zeitlupe zu verwesen.

Sie stakste, laut atmend, vor mir her. Wir gingen auf die Damentoilette, sperrten uns in eine Kabine, ich schob ihr Kleid hoch, zog den silberfarbenen Slip herab, knabberte an ihren kurzrasierten Schamhaaren. Mit beiden Händen zerwühlte sie meinen Kopf, schien mir die Schädeldecke trepanieren, jeden Gedanken an der Wurzel abklemmen zu wollen. Ja. Ja! Der Reißverschluß verhakte sich. Sie ließ Speichel in meinen Nakken tropfen, nichts war ernstgemeint. Und lag so nah vor mir, so offen. So deutlich. Ich bohrte meine Zunge hinein. Es schmeckte salzig und trocken. Nach frischem Intimspray. Sie zog mich an den Ohren zu sich hinauf. Schnalzte mit der Zunge. Hatte mich im Griff.

«Heute nicht.»

Wir küßten uns, leckten einander den Hals. Ich massierte ihre kleinen Brüste, spielte mit der Zunge an ihren nußbraunen Nippeln, es war ein lüsterner, ganz idyllischer Clubtoilettenmoment, als sie begann, mit ihrem faustgroßen Handtäschchen, es muß etwas Schweres darin gewesen sein, auf mich einzuschlagen. Ich stieß sie mit beiden Handflächen gegen die Kabinenwand. Schepperndes Geräusch, harter Hall, sie knickte ein, rutschte aus, hockte vor mir auf dem Boden, sah mich schnaubend an, trat nach mir, mit diesen dünnen metallenen Absätzen. Der penetrante Geruch nach Duftstein.

Blut rann über meine Stirn. Ich ging auf die Tanzfläche zurück.

Die junge Bedienung zeigte sich besorgt. Rollte fort, um ein Pflaster zu holen. Jod habe sie leider nicht.

Blut war auf mein graues Hemd getropft. Grau und Rot ist eine ergreifende Farbkombination. Ich war ein bißchen stolz auf diese Wunde, so, als hätte dahinter eine Schlacht gestanden. Gewonnen, verloren, egal. Hat man auch nur ein bißchen Blut gelassen, glaubt man sich für den Rest des Abends behütet. Man hat ein Beschwichtigungsopfer gebracht. Dies ist, soviel wußte ich aus Patientengesprächen, eine weit verbreitete, selten zugegebene Vorstellung, die man beim Menschen der Antike eher vermuten würde als in der auf- und abgeklärten Moderne.

Noch mit der lächerlichsten Wunde behaftet, trinkt man den Alkohol anders. Verdienter. Bewußter.

Der Tag und seine Leuchtpartikel durchpflügen das Bewußtsein, zugleich ist man in einer Abstellkammer der Welt, jenseits der Zeit. Lichtblitze finden keinen Halt, prallen an bloßgelegten Instinkten ab. Eine Art Traumzustand, ohne sinnvolle Gedanken und Strategien, und erst wenn sich der Blick in etwas verfängt, sich seiner Fähigkeit erinnert, etwas zu deuten, zu erkennen, stürzt man in die Bilder zurück.

Johanna stand neben der Tanzfläche, starr, sah nicht zu mir her.

Ich hatte, etwa eine halbe Stunde war seit unserer Auseinandersetzung vergangen, nicht mehr mit ihr gerechnet. Zehn Meter trennten uns. Sie trug keine Schuhe, wich, wenn das Spotlight über die runde Fläche kreiste, gerade so aus, daß keine Zehe mit dem Lichtkegel in Berührung kam. Dann, abrupt entschlossen, in einer sonderbaren Haltung, als suchten ihre Hände nach Hosentaschen, querte sie den Raum und trat vor mich hin. Grüßte, indem sie steif nickte und meinen Nachnamen als Frage formulierte.

Es war ein schlimmer Moment, schlimmer als ich ihn mir vorgestellt hatte.

«Mein Name ist Ralf Palm. Wir kennen uns indirekt. Über meine Frau.»

«Oh ... Ja.»
«Was wollen Sie von ihr?»

‹Er› – Johanna – redete mit tiefergelegter, künstlich angerauhter Stimme. Langsamer, mit mehr Gewicht auf den Konsonanten. Es hörte sich peinlich an, wie eine beschämende Kabarettnummer. Mir war nicht nach Lachen zumute. Ich hatte Angst gehabt, ‹ihn› zum ersten Mal zu Gesicht zu bekommen, Angst vor allem davor, was damit zerstört werden würde.
Ich werde im Folgenden schlicht von *ihm* sprechen, immer dann, wenn Johanna seine Rolle annahm, ganz so, als hätte es sich tatsächlich um den noch lebenden Ralf Palm gehandelt.

«Ihre Frau ... ist sehr interessant. In vielerlei Hinsicht.»
«Gestatten Sie, daß ich mich setze?»
«Bitte ...»
«Fragen Sie! Stellen Sie Ihre Fragen. Ich liebe Johanna. Sie ist eine einzigartige Frau.»

ÜBER DIE LIEBE

«Und dann?» Kappler hatte nicht bis morgen warten wollen. Weit nach Mitternacht saßen wir in seinem Wohnzimmer, in der ersten kälteren Nacht des Herbstes. Kappler legte zwei Scheite ins Kaminfeuer. Sylvia war auf mein Kommen hin zu Bett gegangen, grußlos, der alte Mann hatte dies mit einem besorgten Augenaufschlag wahrgenommen, und nicht zuletzt um davon abzulenken, erzählte ich vom Treffen mit, sagen wir neutral: *Palm*.

«War er wütend? Herrisch?»
Im Gegenteil, sehr sachlich, sehr nüchtern, obwohl *Johanna* ja schon ein paar Cocktails gehabt hatte. Höflich, aber bestimmt hatte Palm mich ausgefragt. Was mich an seiner Frau so anziehe, und ob ich sie für verrückt hielte. Sie sei sehr gutaussehend, antwortete ich, um mit einem milden Geständnis dem Gegenüber die Luft aus den Segeln zu nehmen und ihr, Johanna, die bestimmt auch irgendwo am Tisch saß, ein Kompliment zu machen.
Die Bedienung unterbrach uns, Palm orderte einen Scotch ohne Eis, und die Bedienung sah ihn irritiert an, ob seiner tiefen Stimme.

«Das hat er so einfach gefragt?»
«Was meinst du?»
«Ob du sie für verrückt hältst?»

Das hatte er gefragt, ja, und ich hatte mit Nein geantwortet. Johanna sei eigen, gewiß, und wohl ungewöhnlich stark auf ihn fixiert. Palm legte geschmeichelt den Kopf ein wenig schief und murmelte, das könne gut sein, er sei auch stolz darauf, wenngleich es manchmal mühsam fiele, ihrer Anhänglichkeit zu entsprechen. Er sei viel auf Reisen, sehe Johanna seltener, als sie es wünsche, und habe von daher Verständnis, wenn sie, das waren seine Worte, ‹vor Ort einen natürlichen Ausgleich› suche. Er sei noch nie sehr eifersüchtig gewesen, ich sei ihm auch nicht von vornherein unsympathisch, hätte also – zumindest von *ihm* – keine Repressalien zu erwarten.

«Im Ernst?» Kappler boxte mir begeistert gegen die Schulter. «Ist das nicht irre? I-r-r-e!»

Selbstverständlich hätte ich Palm fragen können, warum er ein Kleid trug und Reste von Lippenstift an den Mundwinkeln. Ich glaube indes, die Frage hätte ihm nicht wesentlich zugesetzt, er schien sich seiner Sache, seiner Entität ausreichend sicher. Ihm wäre schon etwas eingefallen. Und selbstverständlich hätte ich ihn auch fragen können, warum er offiziell seit sieben Jahren als tot galt, warum es ein Grab mit seinem Namen darauf gab, all diese Dinge, die so nahelagen, die ich mir aber für später aufhob.

Kurz redeten wir über seine Mutter.

Er behauptete, sie wäre senil und würde ihn nicht mehr erkennen. Er schriebe ihr aber noch manchmal Briefe, über die sie sich freuen würde. Davon war er überzeugt.

Wir tranken Whisky zusammen, und als es gerade so schien, als würde Palm den Abend damit bestreiten, kunstvoll um gefährliche Themen herumzureden, gab er ohne jeden Zwang zu, mit dem Irdischen abgeschlossen zu haben. Er habe damals gedacht, sein Freitod setze ein Fanal, eine Art letztgültiger Unterschrift unter ein freies, wildes, oftmals gescheitertes Leben – er habe danach erfahren müssen, daß das Leben der Liebe, einer starken, großen Liebe, nicht so leicht entkommen kann.

Kappler stand der Mund offen. «Das hat er gesagt? Das ist ja –»
Kappler fand kein Wort dafür. Es machte nicht nur Spaß, ihm
davon zu erzählen. In den Spaß mischte sich sublime Grausamkeit. Um ehrlich zu sein, der Drang, *irgendjemandem* davon zu
erzählen, war so groß gewesen, ich hätte die Geschichte zur Not
in mein Kopfkissen geflüstert.
«Es geht noch weiter.»

Palm hatte über die Liebe geredet, das stärkste menschliche
Aufbäumen gegen den Tod.
Über die Liebe, die, umso größer sie sei, umso tragischer einst
enden müsse. Jedenfalls habe er damals so gedacht, bevor er
sich mit Benzin übergoß. Seither in einer merkwürdigen Zwi-
schenform von Existenz befindlich, revidiere er diese Ansicht
nach und nach, sei jedoch nicht hundertprozentig glücklich
damit.
Ich müsse ihn richtig verstehen, er sei sehr wohl mit Johanna
glücklich, froh, über ihre Sinne die Welt noch wie ein leben-
der Mensch zu empfinden, indes gäbe es doch auch Probleme,
gar nicht leicht zu lösende Probleme … Johanna habe an mir
einen Narren gefressen, habe sehr positiv – sehr positiv – er
wiederholte das – über mich berichtet, er sei bereit, die Dinge
nun einmal so zu akzeptieren, wie sie wären, er habe, sagte er
wörtlich, seit «dem großen Feuer eine veränderte Sicht auf
die Fleischlichkeit des Daseins.»

«Ach komm! Du hast das Spiel die ganze Zeit mitgespielt?»
«Warum denn nicht?»
«Geil!» Kappler kriegte sich nicht mehr ein. «Ahnst du, wie
ich dich beneide?»
«Ich ahne es.»
«Und du genießt es, du Schlawiner. Weiter!»
Aber es gab nicht mehr allzuviel zu berichten.

66

Palm hatte sich froh gezeigt, mich endlich kennenzulernen, er müsse die Gegend leider schon wieder, für unbestimmte Zeit, verlassen. Er wünschte mir viel Spaß mit Johanna, fügte allerdings hinzu, daß er es nicht dulden würde, würde ich ihr je ein Leid zufügen. Niemals würde er das dulden, und sein Ton wurde scharf, ging über eine bloße Warnung hinaus.

Wir redeten dann noch ein wenig über sein zeichnerisches Werk, ich machte ihm Komplimente, die er mit einem Achselzucken verwarf. Er habe nie auch nur im Ansatz das erreicht, was er sich als junger Mann vorgenommen hätte, seine besten Projekte wären auf theatralem Gebiet entstanden, mit Johanna, der denkbar vorzüglichsten Schauspielerin, nichts davon sei im Archiv der Kunst gelandet, alles hätte die Zeit an den Strand des Vergessens gespült, und, so schloß er, dies müsse wohl so sein, wer dies nicht akzeptiere, habe rein gar nichts verstanden. Dann gab er mir die Hand, meinte, daß wir uns bestimmt bald wieder einmal begegnen würden, und ging.

Die Zeche zu begleichen, überließ er mir. Meine Hände waren verschwitzt und zitterten. Und das Tollste: Obwohl die ganze Zeit Johanna mit mir geredet hatte, hatte ich irgendwann vergessen, einer Frau gegenüberzusitzen, so suggestiv, so eindringlich klang, was aus ihrem Mund kam, nach *ihm*. Wie er über das Zeichnen als Annäherung an das Wesentliche, immanent Theomantische sprach, fachkundig, inbrünstig, oder über die freie Liebe in den von ihm gegründeten Kommunen – wer mir zuvor gesagt hätte, eine Frau könne sich derart in zutiefst maskuline Positionen hineindenken, ohne mit irgendeinem Nebenton unstimmig zu wirken, den hätte ich für, für –

«Irre!» Kapplers Backen glänzten. «Du Scheusal! Gott, wie ich dich beneide!»

Mein Doktorvater schwankte hin und her in seinem Sessel.

Sein Bett würde er nurmehr mit meiner Unterstützung finden, soviel Rotwein hatte er im Laufe der Unterhaltung in sich hineingeschüttet.

«Danke, Fritz.»

«O du Scheusal, du elendiges! Kannst du dich nicht um Sylvia kümmern? Sie schaut so ... so bedürftig drein. So leer ...»

«Wo denkst du hin?»

«Immer abwärts, junger Freund. Immer abwärts.» Seine Stimme verlor sich in grunzendem Seufzen. Die Augen fielen ihm zu.

Ich wuchtete meinen betrunkenen Doktorvater aus dem Sessel, schleppte ihn über den Flur ins Schlafzimmer. Sylvia, die im Bett einen Roman las, nahm ihn mir nicht ab, beachtete uns gar nicht.

«Liebes», flüsterte Kappler ihr mit schnappendem Atem ins Ohr, «unser Freund wird berühmt sein. Genieß ihn! Sonnen wir uns in seinem Ruhm!»

Ich wartete nicht auf Sylvias Antwort, schloß die Tür, holte mir aus dem Regal im Wohnzimmer noch eine Flasche Krutzler-Zweigelt und trank sie, weil es draußen schweinekalt war, im Bett, schnippte fertiggerauchte Zigaretten hinaus in den Nebel und fühlte mich groß. Stundenlang ließ ich das Gespräch mit Palm wieder und wieder Revue passieren, grübelte über den Punkt nach, an dem eine peinliche Posse in aufregendes Theater umgeschlagen war. Hatte Johanna dadurch an Attraktivität verloren? Ich war mir nicht sicher. Das würde sich zeigen. Der Ralf, den sie erschaffen, vielmehr reproduziert hatte, schien kein ganz schlechter Kerl zu sein. Sollte er sich weiterhin moderat und pragmatisch verhalten, würde man zur Not sogar mit ihm leben können. Ich schloß das Fenster und vergrub meine steifgefrorenen Finger im Bettzeug.

NACHTGEDANKEN

Charlotte Palm hatte behauptet, *bis zuletzt* von ihrem Sohn
Briefe erhalten zu haben. Und hatte recht kryptisch dazuge-
sagt, es gebe noch spätere Briefe, nicht von ihm, aber ...
Um dieses aber drehte sich meine Überlegung im Halbschlaf.
Die alte Frau war kurz davor gewesen, etwas einzugestehen,
was mit ihrem Bestreben, die Schwiegertochter anzuschwär-
zen, nicht in Einklang gebracht werden konnte. So deutete
ich das. So konstruierte ich mir einen Grund für das plötzliche
Ende unseres Gesprächs. Spätere Briefe, nicht von ihm, aber
selbst die sind einfühlsam und tun mir gut. Keine Ergänzung des ab-
gebrochenen Satzes erschien logischer.

STURM

Es war für meine Verhältnisse früh am Morgen, etwa halb neun, ich hatte wenig geschlafen und nicht gefrühstückt, stand unter Adrenalin, wie knapp vor der Lösung eines Rätsels. Und Charlotte öffnete mir nicht. Die Haustür unten hatte lose im Wind geklappert, wie um mich zu begrüßen, der Flur im ersten Stock lag im Dunklen, draußen regnete es, Gewitter entluden sich über dem Dorf, Blitze krachten – und Charlotte Palm reagierte auf mein Klingeln nicht. Sie ist taub, natürlich – ich bumperte an ihre Tür, stark, noch stärker, keine Antwort.

Mit den Stiefeln trat ich laut gegen das Holz, gegen den Sturm an. Charlotte hörte es nicht.

UFERSPAZIERGANG

«Nun haben wir uns arrangiert, nicht wahr?»

Was sie meine?

Nun, Ralf sei noch nie sehr eifersüchtig gewesen, würde es jedoch hassen, wenn etwas hinter seinem Rücken geschehe. Ich hätte einen passablen Eindruck auf ihn gemacht, sein Plazet gefunden, damit wäre alles soweit in Ordnung, die Dinge hätten ihr Gleichgewicht gefunden.

«Und jetzt?» Ich wollte mich ein wenig bitten lassen.

Was ich meine? Johanna wandte sich ab, atmete tief und sah auf den See hinaus.

Dieses Luder.

Ich trat hinter sie und schob ihren Pullover hoch. Faßte mit Daumen und Zeigefingern ihre Brustspitzen, die mit der ersten Berührung hart wurden. Drückte langsam zu, wollte den Grad ihrer Empfindlichkeit feststellen. Aber so fest ich auch zudrückte, sie seufzte genußvoll, summte enttäuscht, als ich losließ. Wären meine Fingernägel nicht stumpfgekaut gewesen vor Nervosität, vielleicht hätte sie doch Schmerz empfunden?

«Es gibt Zeichnungen von Ralf, die nie veröffentlicht wurden. Willst du sie sehen?»

Ich wollte. Wir gingen zu ihr, in den Keller ihres Hauses, in den, man könnte sagen: ‹Partyraum›, ausgestattet mit einer recht spießbürgerlichen Schnapsbar aus Mahagoniholz und einem dazu ganz unpassenden Biedermeier-Kanapee. Frisch bespannter Musselin, blau, weiß und purpurn gestreift. Ansonsten war der Raum leer, bis auf dieses seltsame, zwei Meter lange, zwei Meter breite Gestell aus Edelstahl. Daran, mit

Karabinerhaken befestigt: fünf lederne Riemen diverser Größe. Das an die leere Wand geschobene Ding ähnelte einem Kleiderständer aus Röhrenglocken, dessen Enden in breite Querstreben übergingen. Wahrscheinlich gibt es Bezeichnungen dafür. Es war konstruiert, um Menschen horizontal an allen Vieren aufzuhängen. Die breite Schlaufe an der oberen Stange wurde wohl um den Bauch geschlossen, damit der Schwerpunkt des Opfers entlastet wurde. Ich hatte ein solches Gerät nie gesehen, wenngleich Patienten aus der Extrem-Bondage-Szene es mir mehrmals und ausführlich beschrieben hatten.

Johanna gab keine Erklärung dazu ab, wies mir einen Platz auf dem Kanapee an und holte aus dem Erdgeschoß eine Mappe. Wir blätterten darin wie in einem Fotoalbum. Ich hätte so gern ihre Knie gepackt und gestreichelt.

Verblüffend gegenständliche Buntstiftzeichnungen, präzise und sehr erregend.

Ralf Palm hatte seine Frau gemalt, wie sie, in weißen Schnürstiefeln, sonst nackt, an Händen und Füßen gefesselt, in oben beschriebener Vorrichtung hing, einer schwebenden Jungfrau ähnlich, mit dem Kopf nach unten, schwerelos, die Haare lang und blondiert, ihr Gesicht nicht zu erkennen.

«Gefällt dir das?»

«Doch …»

«Gott weiß wer hat mich so gefickt, nächtelang. Ralf holte Leute von der Straße, bot mich ihnen an. Und mehr als die Hälfte, bestimmt mehr als die Hälfte hat es sich nicht entgehen lassen, in mich abzuspritzen, selbst wenn Ralfs gesamte Truppe dabei zusah.»

Sie sagte es ohne Bitterkeit, wie man von einem Wanderausflug erzählt, der recht nett gewesen sein muß.

«Erstaunlich. Geschah das gegen deinen Willen?»

«Blödsinn. Ralf würde nie etwas gegen meinen Willen tun.»

Ob das hier passiert sei? Nein, natürlich nicht, das Ding entstamme dem Fundus von Ralfs letztem Theaterprojekt. Sie habe es vor den Gerichtsvollziehern gerettet. Und als Andenken aufbewahrt.

«An eine bessere Zeit?»

«An eine wundervolle Zeit. Würde es dir gefallen, mich darin hängen zu sehen?»

«Willst *du* das denn?»

Sie lachte. Wie man, grausam veranlagt, einen schüchternen Jungen verspottet. Offenbar wünschte sie sich einen Meister, der Befehle gab. Der, ohne lang zu fragen, vollendete Tatsachen schuf. Ich wollte diese Rolle nicht übernehmen. Noch nicht. Wollte passiv bleiben, wollte Johanna zum Handeln zwingen, und zum Reden. Mehr erfahren. Viel mehr.

«Einmal bin ich vor zahlendem Publikum so gefickt worden. Die Bude war ausverkauft. Das Stück wurde sofort verboten. Leider.»

«Was war das denn für ein Stück?»

«Othello. Ja, schau mich nicht so an! Komm, ich hab jetzt keine Lust mehr auf Sex. Komm!»

Oben im Wohnzimmer tranken wir Tee mit Rum. Johanna erläuterte mir, mit der Stimme einer Handelsreisenden, daß weiße Lackstiefeletten für eine nackte, gefesselte Frau das einzig passende Schuhwerk seien. Sie zöge sonst nie Lackstiefeletten an, schon gar nicht weiße, besitze aber noch ein Paar, exklusiv für das Gerät. Man könne von rituellen Schuhen sprechen.

Die Pumps, gestern im Club, seien die nicht auch weiß gewesen?

Das könne man doch nicht vergleichen. Und weil sie das Haar inzwischen kurz trage und nicht mehr blond gefärbt, habe sie sich für den Fall der Fälle eine Perücke besorgt. Ihr Gerede wurde ein wenig sprunghaft. Ralf sei seiner Zeit damals weit voraus gewesen, man würde irgendwann begreifen wie weit.

«Und jetzt? Ist er seiner Zeit nicht mehr so weit voraus?»

Sie grinste mich frech an. Antwortete auf verblüffende Weise, blinzelnd und mit mehr als einer Spur Sarkasmus.

«In seinem Zustand ist man der Zeit grundsätzlich voraus. Man kann ihr das nur nicht mehr so leicht vor Augen führen.»

Ich liebte ihre Zähne. Zähne, so weiß wie passende Lackstiefeletten, für eine nackte, gefesselte Frau. Wollte an ihnen lecken. Meine Erregung gelangte an den Punkt, an dem alles egal wird. Ich öffnete den Reißverschluß und lehnte mich mit geschlossenen Augen zurück. Zog die Unterhose hinab, bis mein Schwanz erlöst hervorschnalzte. Und ich wartete, sagte nichts. Im hellen Tageslicht auf dem Stuhl zurückgelehnt, Geruch nach Tee und Rum und braunem Zucker in der Nase, den rechten Arm auf dem Eichentisch abgelegt, formte ich eine Blase aus Dunkelheit und Erwartung um mich, bereit, gedemütigt oder erhoben zu werden. Minuten vergingen. Die Augen nicht öffnen. Komme, was da wolle. Nicht öffnen. Bilder ohne Zusammenhang glitten vorbei. Mein Nacken schmerzte, und die Schmerzimpulse strahlten über die Wirbelsäule in den ganzen Körper, schossen an den Beinen herab in die Füße. Der Mann auf dem Mond, der bleierne Schuhe trägt. Das Gestell. Johanna darin, gefesselt. Gefühl intensiver Todesnähe. Paradiesischer Ausgesöhntheit. Das Ende, das sich mit allen Anfängen verbündet. Dann spürte ich ihre Zunge, die von mir kostete, ihre Lippen, die sich warm und fest um meine Eichel schlossen. Sie saugte mich tief in ihren Mund. Es kam mir binnen Sekunden, der Strahl glich einem Geschoß, einem Blitzschlag in der Nacht, alles steht für den Bruchteil von Sekunden da – unverhüllt und stolz.

«Du schmeckst ja gut.»

Ich öffnete die Augen wieder. Johanna saß mir gegenüber, vom

Tee nippend, als habe sie sich mir nie genähert. Sie zupfte an ihren Brauen herum, Brauen wie zwei feine Tintenstriche. In dieser Haltung straffte sich ihr bleicher Hals, und mit ein wenig Gegenlicht saß mir ein junges Mädchen gegenüber, voller Hochmut und Grazie. Ich bog meinen zitternden Schwanz mühsam in die Hose zurück und fror. Dem Orgasmus war keine Befriedigung gefolgt. Praktisch übergangslos hatte sich der alte Zustand der Geilheit wieder eingestellt, gelähmt nur durch das groteske Schweigen zweier am Tisch sitzender, Tee trinkender Menschen.

«Danke.»

«Wofür?»

Johanna erzählte, sie habe der gesamten Truppe – acht Leute, davon sechs Männer – es einmal mit dem Mund besorgen müssen, Ralf hätte sie seine ‹kleine Nutte› genannt, und als sie der einzigen anderen Frau im Ensemble mit der Zunge mühsam einen Orgasmus verschafft habe, wäre er so stolz auf sie gewesen, daß er schreiend vor Glück auf die Straße gelaufen sei und immer wieder geschrien habe: Das Tier! Das Tier! Das Tier!

Sie beugte sich über den Tisch und küßte mich. In ihrer Mundhöhle forschte ich nach dem Geschmack meines Spermas. Nichts. Nur Tee und und Rum und brauner Zucker.

«Du bist der Mann. Du bist da, um mich zu heilen. Aber jetzt mußt du gehen. Morgen darfst du wiederkommen.»

Ja doch. Gewiß. Es muß bestimmt irgendeine Ordnung hinter den Dingen stehen. Meine Hose spannte noch immer. War alles Einbildung gewesen? Ich muß draußen onaniert haben, am Elektrozaun, vor staunenden Kühen, dumpf kann ich mich dessen erinnern. An den Rest aber nicht, der Nachmittag war aus der Zeit gefallen, wollte nie mehr dahin zurück. Die Stunden danach sind meinem Gedächtnis verlorengegangen. Unauffindbar. Blackout, fast ohne Alkoholeinwirkung. Rätselhaft.

Das Nächste, was ich weiß:

Sylvia stellte mich abends im Garten der Villa zur Rede. Unter dem Apfelbaum. In einem Eck der schulterhohen Basaltmauer. In einer Dunkelheit, die alles zugelassen hätte.

Welches Spiel ich hier spiele, wohin das führen solle? Ihr Leben sei durcheinander geraten, Fritz benehme sich sonderbar, aufgekratzt, mache Anspielungen …

Ach ja? Du aufgekaufte Fotze. Du leeres Versprechen.

Da erzählte ich ihr diese Geschichte. Und Sylvia benahm sich, als wäre deren Pointe partout nicht zu begreifen.

«Du hast dir von ihr einen blasen lassen?»

«Kann sein.»

«Du bist ja krank!»

«Kann sein.»

I. BRIEF

München, 28.12.1981

Liebe Mama,

es geht mir soweit gut. Ich kann wieder arbeiten, stelle eine Gruppe zusammen für neue Projekte, unter dem Oberbegriff Theater. Bitte hab keine Angst, ich bin ja für einen Terroristen nicht geschaffen. Johanna und ich suchen einen billigen Bauernhof zu mieten, hier im Schatten der Alpen. Du kannst mir weiterhin ans Postfach in München schreiben, es wird regelmäßig geleert. Telefonisch sind wir momentan nicht erreichbar. Johanna brennt schon darauf, Dich kennenzulernen. Du wirst sie mögen, sie ist wundervoll. Etwas naiv, aber treu und rein in einem romantischen Sinn. Bitte schreib nicht wieder solche Sachen über jemanden, den Du noch nie zu Gesicht bekommen hast, das kränkt mich. Abends gönne ich mir bourgeoisen Rotwein, bin ansonsten drogenfrei. Wie geht es Tante Helga? Ist's mit ihrem Bein besser geworden? Ich zeichne viel, auch Landschaften, wie Du mir geraten hast. Das Geld ist knapp. Glücklicherweise hat Johanna von ihren Eltern einiges geerbt, wir gehen sparsam damit um. Wenn du etwas brauchst, sei nicht stolz am falschen Ort. Für Dich ist immer etwas übrig. Johanna möchte sehr wohl irgendwann ein Kind, Deine Vorwürfe sind ganz unberechtigt. Bin schon immer noch ich, mit dem Du schimpfen mußt. Kinder in diese Welt zu setzen brächte ich nicht fertig. Damit mußt Du Dich endlich einmal abfinden. Ansonsten mach Dir keine unnötigen Sorgen. Johanna hat aus mir wieder einen Menschen gemacht, der geliebt wird. Von daher paß ich auf mich auf. Es ist soviel zu tun, zu entwerfen, wir werden erst im Sommer kommen können. Und freuen uns darauf.

Tut uns leid, nicht Weihnachten mit Dir verbracht zu haben. Aber Du weißt, wie ich dieses Fest verabscheue.

Ich habe Dich lieb. Beste Wünsche fürs neue Jahr.   Ralf

ÜBER DEN TOD

Johanna rief mich auf dem Handy an. Behauptete, Tote nicht ausstehen zu können. Tote seien Gestank und ‹für rein gar nichts ein Beweis›. Die örtliche Gendarmerie habe sie benachrichtigt, als nächste lebende Verwandte. Wir sollten uns heute besser nicht treffen. Ralf sei da und litte schwer. Wenn ich Lust dazu hätte, könne ich ruhig aufs Begräbnis gehen, es störe sie nicht.

Wie einen Traum nahm ich das wahr. Hatte ich ihr denn meine Handynummer gegeben? Konnte mich nicht daran erinnern. Kann aber sein. Ganz auszuschließen ist es nicht.

HYBRIS

Fritz wagte mir kaum in die Augen zu sehen. Er hatte sich in Stimmung bringen müssen. Ich solle Sylvia befriedigen, das wäre schon in Ordnung, er selbst habe ja kaum noch Verkehr mit ihr. Fixe Idee. Seine Stimme klang widerlich selbstmitleidig. Ich redete so offen wie sonst nur betrunken. Ob ich in seinem Haus nicht mehr willkommen sei? Ob die Situation seine Verhältnisse überstiege?

Er antwortete ausweichend, somit eindeutig. Alles habe seine Zeit. Hinter uns allen lauerten Umstände, so und so programmierte Faktoren ... selbstverschuldete, denen man nicht entgehen könne ... Es gebe eine Zeit im Leben, die alle gemachten Erfahrungen wider uns selbst kehrt ... weil wir schwach sind ...

Erbärmliches Gesabbel.

Ich buchte ein Zimmer im Casino-Hotel. Fritz kam später vorbei, verlangte mir das Versprechen ab, ihn auf dem Laufenden zu halten, ich riet ihm, Sylvia das Genick zu brechen. Er wolle sich das, sagte er, durch den Kopf gehen lassen, es müsse sich halt, gemessen an der Zeit, die ihm noch bliebe, lohnen. Ob ich Sylvia tatsächlich nie gevögelt hätte?

«Nein.»

Das registrierte er konsterniert, ja enttäuscht. So übel sei sie ja nicht. Ein Greis hielt winselnd vor mir Heerschau, verlangte Absolution, zumindest Verständnis. Bat um Erlösung. Um Verzeihung. Ich nahm ihn im Hotelflur in die Arme. Er weinte. Sein Leben war zu Ende. Ich verachtete ihn noch mehr als mich selbst. Gebückt taumelte er über den roten Teppich

79

zum Lift. Die Zeit hatte an Geschwindigkeit zugelegt. Keine Viertelstunde später brachte der Page Champagner aufs Zimmer.

2. BRIEF

(o. O.) 24. 9. 86

Liebste Mamschi

wie ich wünschte, Du wärest hier bei mir, wenn ich wieder so friere, und nachts die Felsen, die ich von mir, aus mir heraus gemacht hab, zurückkehren ins Fleisch, das tut weh. Ich kann Dich so aber nicht sehen kommen. Du würdest mich aufregen, ohne Deine Schuld, und ich würde manchmal losschreien, aber Du sollst Dich nicht ängstigen vor mir. Johanna ist schon seit Tagen fort, aber Du würdest sie lieben, weil sie es gut mit mir meint. Aufhören soll ich mit dem und dem und dem – sie glaubt, das liebe Mädchen, alles klinkt sich dann ein, als bestünde die Welt aus Zahnrädern und nicht aus Schleim, der immer irgendwie ineinanderfließt. Unser Konto hat sie sperren lassen und ist fort. Ganz ohne Geld hat sie mich zurückgelassen, in diesem gespenstischen alten Hof. Meine Freunde, die sogenannten, sind Verräter, mit den blödesten Ausreden machten sie die Fliege, ich mag Verräter, solange sie gute Ausreden haben, es ist, als hätt' ich keinem irgendwas vermitteln können. Ich mache Illustrationen für ein Buch, Honorar gibts erst bei Erscheinen, verzeih mir, aber ich brauch ein wenig Geld und schnell, zweihundert Mark – geht das? Du rettest mich damit. Ich bring Dir das Geld auch persönlich vorbei, wenn du noch hundert drauflegst für die Zugfahrt. Du hast ja selbst nicht viel, aber es ist wirklich nötig, vertrau mir. Einige Möbel müssen verkauft werden, dann laß ich diesen verfluchten Ort für immer sein. Meine Gedanken schießen aus mir raus, alle meine Gedanken torkeln um mich herum, in mir ist nichts. Die Figuren verschwimmen.

Aber Johanna, das Licht, sie liebt mich noch, sie will mich nur erlösen, vielleicht ist das zuviel gewollt und niemand kann mehr etwas für mich tun. Wenn man alles versucht, und die Welt nicht antwor-

tet, wenn sie das Spiel mit einem spielt, wie früher Vati, Du weißt, als
er fragte, wo Ralf denn sei, und ich sagte: hier, hier bin ich doch, und
er sah in die Luft und fragte, wo denn Ralf bloß ist, und ich klammerte mich an seine Hosenbeine, schrie: hier bin ich doch, hier, und
Tante Helga und Onkel Fred spielten das Spiel noch lustvoll mit,
sahen sich mit großen Gesten im Zimmer um, suchten den kleinen
Ralf und ich dachte, niemand könne mich mehr sehen, nie mehr. Und
erst als ich laut geweint hab, hatte das Spiel ein Ende, Vati «fand»
mich, hob mich hoch, das war kein Glück, war mehr als Glück, war
die Begnadigung eines zum Tode Verurteilten, das ist was anderes,
so nah am Tod vorbei kann sich dieser Zustand, auf den ich jetzt
wieder warte, Glück nicht nennen. Die Liebe ist schrecklich, wenn
sie auf Erhörung hoffen muß, und manchmal denke ich böse von Dir,
Mutter, denke, daß Du schreckliche Kräfte besitzt, die Johanna von
mir trennten. Aber das wolltest Du doch nicht, nicht wahr?
Sag, schreib es mir, daß Du's nicht willst. Der Plattenspieler ist verkauft und das Radio, jetzt herrscht eine Stille um mich her, eine
Würgeschlinge, dann geh ich in den Dorfgasthof um Menschen, pri-
mitive Menschen, Nichtigkeiten reden zu hören, und Schlagermusik
läuft, und ich kann mir ein Bier leisten, das schmeckt wie nach vierzig
Tagen Wüste und hält vierzig Sekunden, weil ich so gierig bin, und
das Leben so groß sein könnte, wenn nicht, ja wenn nicht. Und dann
ist da dieses massive Gebirge aus Nichts, das sagt: Es ist eben so.
Und ich hab immer geahnt, daß dem wohl so sein muß, dennoch
erschrickt es mich, durchfährt es mich, dann würd ich alles tun, um
ein glücklicher Mensch zu werden. Drei Drittel meines Gehirns gäb
ich dafür, meinen Kopf träte ich wie einen Ball von mir fort. Kann
sein, ich habe Johanna schlecht behandelt. Das beste Geschöpf auf
dieser Erde. Vielleicht will ich zuviel, hab immer zuviel gewollt, ist
das denn meine Schuld? Jajaja. Alles so groß und Oliver Twist will
noch Suppe. Ich wünsch mir Deine Finger in mein Haar, es ist jetzt
kurz geschnitten, ganz kurz, ich schnitt es selbst, um den Kopf frei-
zubekommen. Die Gedanken fliegen davon, einige tropfen, ganz der
Schwerkraft unterworfen, zu Boden, keine Kraft mehr, die Nichtig-

keiten ... die Größe ... das rechte Verhältnismaß von allem zueinander zu finden, die Welt in Ordnung bringen, die flatternden Tiere überall in die Freiheit lassen.

Was noch zu reden wäre, wofür keine Kraft mehr ist, bitte Mutter, schick mir das Geld, soviel Du entbehren kannst. Ich liebe Dich.

Ralf

RAUSCH

Es nieselte leicht. Ich blieb am Eingang des Friedhofs stehen, an die gußeiserne Pforte gelehnt, und horchte. Es war kühl, der Atem bildete Fasern von Dampf. Aus der Kirche drang Orgelspiel. Staubige, in den Höhen quietschende Töne. Unter dem Gewicht schnäbelnder Krähen schwankte der Ast einer Linde. Fesselndes Bild. Von der Hauptstraße her mischte sich das Geschnauf kuppelnder Lastwagen in die Musik. Die Tote war mir egal. Charlotte hatte ihr Leben gehabt oder die Chance dazu. Irgendwann. Bestimmt. Mir wurde bewußt, warum ich hergekommen war.

Alle, die Charlotte nahestanden, besser gesagt, im selben Haus wohnten, würden in der kommenden halben Stunde ihrem Sarg folgen, würden dem Pfaffen zuhören und ein Schäufelchen Erde ins Grab schmeißen. Welch eine Gelegenheit.

Im Flur vor Charlottes Wohnung benötigte ich noch Minuten, um mutig zu werden. Ich klingelte an allen Türen, mehrmals, niemand antwortete, das Haus schien menschenleer. Das Gebälk des Altbaus atmete, streckte sich, sandte zischende Laute in die Stille, in die Düsternis, jedesmal erschrak ich, ließ von meinem Vorhaben ab, beschloß es im Moment darauf neu. Was konnte mir denn groß passieren? Ich trat gegen die Klinke, einmal, zweimal, ohne Ergebnis. Meine Knie fühlten sich gallertartig weich an. Die Sperrholztür, beige lackiert, vielfach geborstener Lack – wehrloser sah kein Hindernis je aus. Zorn und Lust verbündeten sich. So trat ich zu, ein drittes Mal, die Tür sprang auf. Splitter knirschten rund um das Schloß, morsch, bereitwillig. Wie leise das geschehen war. In stillem Einvernehmen. Kann sein, daß mein Atem und mein Herzschlag vieles übertönten. Jetzt ungefähr mußte das Totenglöcklein bim-

84

meln, mußte sich der Trauerzug formieren. Ich gab mir zehn Minuten, sah auf die Uhr. Alle Schubladen. Kleine Wohnungen besitzen oft erstaunlich viele Schubladen. Ein Schwall verdorbener Luft. Feuchte Handtücher lagen auf dem Boden herum, man hatte etwas aufgewischt damit. Ein Keramikteller voll hart gewordener, eingetrockneter Nudeln. Daneben Papiere. Geburtsurkunde. Personalausweis. Sparbücher. Das ging mich nichts an. Die Matratze im Schlafzimmer lehnte abgezogen gegen das Fenster. Durchwühlte Wäsche in der Kommode. Auf dem Fensterbrett zwei Kakteen, letzte lebende Bewohner. Die Briefe fand ich schnell, zum Glück, oben auf dem gilbfleckigen Küchenschrank, kleine Häufchen, mit Samtschleifen nach Jahrgang abgepackt, als hätte die alte Charlotte meinen Besuch vorhergesehen, und mir, was wichtig war, zurechtgelegt. Diejenigen von Ralf Palm waren allesamt in ihren Umschlägen belassen worden, somit leicht zu datieren. Die anderen lagen lose in einem Haufen daneben. Ich nahm ein paar sehr alte, aus den Achtzigern, und zwei der jüngsten, deren Datierung wenige Monate zurücklag. Steckte sie in die Innentasche des Mantels und rannte hinaus, euphorisch, probierte noch, die Tür mit dem zerborstenen Schloß wenigstens anzulehnen, völlig sinnlos. Die Splitter fügten sich nicht mehr ins Holz.

Fakten. Grenzüberschreitung. Die Welt war fester Rhythmus geworden, der aus sich Fakten schuf. Wie großartig das war, brustabklemmend. Ich mußte mich am Treppengeländer festhalten, der Rausch drohte mich zu lähmen, wie ein Betrunkener setzte ich Schritt um Schritt hinaus aus meiner Gruft, jeder über die Maßen neu und raumgreifend.

Dieser Einbruch, der erste in meinem Leben, würde nicht unentdeckt bleiben. Ein paar Leute würden sich Gedanken machen, nichtsnutzige, zu nichts führende Gedanken. Hoffte ich. Und lief im Regen die engen Gäßchen hinauf zur Hauptstraße, wo das Taxi noch immer auf mich wartete.

3. BRIEF

März '98

Liebe Mutter

Ralf wollte, daß wir hier, in Deiner Nähe leben. Das Haus ist nur ge-
mietet. Vom Rest meines geerbten Geldes werde ich es noch etwa zwei
Jahre lang bezahlen können. Er beklagt sich bitter, daß Du nicht mit
ihm sprechen willst. Wenn er Dir ein paar Dinge erklären könnte, wür-
dest Du sicher, sagt er, Deine engstirnigen Vorbehalte aufgeben. Gerade
jetzt bittet er darum, Dir selbst zu schreiben.

Ja, das bin ich, liebe Mamschi, Ralf, Dein Sohn. Gerade habe ich mich
wieder erinnert, wie wir als Kinder Mensch-Ärgere-Dich-Nicht gespielt haben, am Abend, wenn es in den Camping-Urlauben gereg-
net hat. Vati hat mich nie gewinnen lassen, und wenn ich schummel-
te, gab er mir eine Ohrfeige. Dann kroch ich unter den Tisch und
wollte gar nicht mehr spielen. In einem solchen Moment wurde einmal an die Tür des Wohnwagens geklopft.
Vati war, weil Du mich vor ihm in Schutz genommen hattest, über
die späte Störung unverhältnismäßig aufgebracht. Draußen stand ein
junger Mann, eine Art früher Hippie, ja, 1964 muß das gewesen sein.
Er trug einen Rucksack auf dem Rücken und stellte sich als Landsmann vor, wir waren irgendwo in Italien. Damals hat man sich noch
als Landsmann vorgestellt. Ob wir ihm vielleicht mit einer Konserve
helfen könnten oder etwas Geld, seines sei verbraucht, er wolle
nach Deutschland zurück. Mein Vater begann mit ihm zu diskutie-
ren, in einem aggressiven, unflätigen Tonfall. Er hätte ja einfach
‹nein› sagen und die Tür schließen können. Wie man es heute
macht. Merkwürdig, daß einige Leute sich nach jener Zeit zurück-
sehnen, als man erst diskutierte, bevor man ‹nein› gesagt hat. Ich
kann mich an die Szene gut erinnern, weil ich die Partei des Ruck-

86

sacktouristen ergriff und unter der Bank heraus meinem Vater zu-
rief: «Gib ihm doch was!» Da wurde er noch zorniger und gab dem
jungen Mann etwas, nämlich eine Ohrfeige. Er gab ihm eine Ohrfeige
statt mir. Das war aus der Sicht meines Vaters vielleicht folgerichtig,
denn man muß sagen, daß der Bittsteller mich, ob gewollt oder
nicht, aufgehetzt hatte. Es war das erste Mal, daß ich mich meines
Vaters schämte. Gar nicht mal für die Überreaktion der Ohrfeige.
Schlimmer war, daß er danach sich wieder an den Tisch unseres
Wohnwagens hockte und mich in Ruhe ließ. Ich schämte mich für
meinen sich schämenden Vater. Er gab durch seine Haltung zu, über-
reagiert zu haben, im Unrecht gewesen zu sein. Das raubte ihm in
meinen Augen jeden Nimbus. Warum ging er denn nicht wenigstens
raus und bat den Hippie um Verzeihung? Und ich weiß auch, daß Du
ihm Vorwürfe gemacht hast, weil es eine heftige Ohrfeige gewesen
sein muß.
«Der könnte die Polizei rufen und dich anzeigen», hast Du zu Vati
gesagt. Und ich stand auf und sagte, daß kein Polizist jemandem
glauben würde, der nachts an fremden Wohnwagen betteln geht.
Vati riet mir darauf, das Maul zu halten, und der Wohnwagen wurde
zum Schlafen umgebaut. Diese Nacht hat mein Leben verändert,
weil Du ein gelbes Kleid getragen hast mit schwarzen Tupfen. Jeder
Anblick einer Sonnenblume fortan hat mich an dieses Kleid erinnert. Erinnerst Du Dich auch?

Es muß Charlotte Palm viele Nerven gekostet haben, Briefe
jener Art zu lesen. Ich war mir sicher, daß das meiste, was darin stand, auf Wahrheit beruhte.
Eheleute erzählen sich allerdings einiges, und es mochte Ralf
Palm schwer gefallen sein, seine Mutter mit derlei halbinti-
men Details davon zu überzeugen, daß er noch lebte.
Ab «... *Dir selbst zu schreiben*» wechselte die Handschrift, trug
männliche Züge, weit nach rechts geneigt, fahrig, von zitternden Fingern, kaum lesbar – im Gegensatz zu Johannas vertika-

ler, bauchiger, von primitiven Ornamenten durchsetzter Kalligraphie. Ich verglich Ralfs Handschrift mit der aus den beiden früheren Briefen. Ja, doch. Die Nachahmung schien ziemlich gut gelungen. Leichte Diskrepanzen hätte ein Außenstehender, mit der Sachlage nicht Vertrauter, wohl als natürliche Entwicklung interpretiert, die eine Handschrift im Lauf der Jahre durchmacht.

VERKNÜPFUNG

Am Abend rief Johanna im Hotel an. Nicht auf dem Handy, sondern über die Amtsleitung. Woher – ? Ließ sie mich observieren? Hatte Kappler ihr meinen Aufenthaltsort mitgeteilt? Möglich, doch stellte ich erste Symptome von Paranoia an mir fest, zog beim ersten Nachdenken obskure Erklärungen eher als rationale in Betracht. So fängt das an. Muß man mir nicht erläutern.

Ob wir uns an Charlottes Grab treffen wollten? Sie würde jetzt doch gerne hingehen, aus Pflichtgefühl, und traue sich nachts nicht alleine auf den Friedhof.

Ich zögerte.

Ob wir allein sein würden, fragte ich. Ob Ralf denn nicht mitkommen werde.

Es könne sein, daß er da sei, ja. Ob ich Angst vor ihm hätte? Das müsse ich nicht. Ralf sei mir freundlich gesonnen.

Aha.

«Ralf will sterben, weißt du? Er wollte immer sterben. Eigentlich liebt er mich gar nicht mehr. Aber er hat ja niemanden sonst.»

Ich bekam eine Scheißangst. Holte tief Luft. Gut, wir würden uns dort treffen. Um zehn Uhr, in zwei Stunden.

ÜBER DIE GRÄBER

Sie muß dem Taxi bereits am Dorfrand entstiegen sein. Als wolle sie wahrgenommen werden, lief Johanna die Asphaltstraße hinauf, in einem langen blauen Kleid, eng tailliert. Im Trüblicht der Straßenlampen ähnelte sie einem Gespenst, das weiße Schnürstiefel angezogen hat, um eine einst vertraute Strecke abzutänzeln. Sie mußte frieren. Wind strich an den Häusern entlang, wühlte in den Blättern der Kastanie, unter der ich eine halbe Stunde gewartet hatte, ein Stück weit von der Friedhofsmauer weg. Es waren kaum Passanten unterwegs gewesen, die mich bemerkt haben konnten. Über der Tankstelle versuchte eine Neonwerbung aufzuflackern und erlosch immer wieder. Dieser pritzelnde Laut, eingebettet in das Rauschen der Blätter, war zum Taktgeber meiner Gedanken geworden. Eine halbe Stunde lang hatte ich mich dem Geräusch unterworfen, nervös zuerst, dann erwartungsvoll. Als harre mein Kopf wie diese Neontafel auf einen zündenden Impuls, der ihn erleuchtete und klar denken ließ. Vergeblich. Jetzt mischten sich die Spechtgeräusche von Johannas Absätzen darunter, kamen näher, zugleich verließ mich das Gefühl, mich in Gefahr zu begeben. Von einer Sekunde auf die andere kam es mir ganz vernünftig vor, die Dinge laufen zu lassen, herrenlos, von keiner Struktur und keinem Plan beengt. Reiseangst, die sich verflüchtigt, sobald man erst auf dem Schiff oder im Flieger sitzt. So läßt es sich halbwegs beschreiben. Johannas Nähe kam einer Befreiung gleich, zerschlug alle Selbstschutzmechanismen, die mein Leben, Beruf, meine Erfahrung mir in vielen Jahren als notwendig aufgeschwätzt hatten. Und hätte ich noch so viele Vorsätze gefaßt gehabt, Strategien entworfen, Maximen formuliert – alles wäre mit einem Augenblick hinfällig gewesen.

Ich lehnte mit gesenktem Kopf an der Mauer und hörte auf die näherkommenden Schritte. Johanna faßte es wohl als Beleidigtsein auf, wegen ihrer Verspätung, sie berührte mein Kinn mit drei Fingern und küßte mich. Dezent und wortlos. Wir waren in Trauer.

«Fühlst du dich kräftig genug?»
Wofür? Machte ich einen schwächlichen Eindruck?
«Bringen wir's», sagte ich, «hinter uns.»
Johanna hob tadelnd den Zeigefinger.
«So sollten wir das nicht nennen. Hat Charlotte nicht verdient.» Sie leckte eine Fingerkuppe naß, tupfte mir auf die Nase, wie man eine Saite anschlägt.
«Weiß der Teufel, was Charlotte verdient hat.»
Wenn ich so sei, sagte Johanna, im Tonfall angemaßter Vertrautheit, wolle sie gar nichts mit mir unternehmen.
Ich entschuldigte mich. Ob sie nicht friere? Kein Mantel, nur dieses dünne Kleid, der klamme Wind – nein nein, sie friere oft, aber nicht heute. Heute sei ihr ganz heiß, ob ich mich vor dem Friedhof graulen würde? Allein dieses Wort: Graulen.
«Ach was. Ist ja nur ein ganz kleiner Friedhof.»
«Jetzt bist du süß, wenn du so bist.»

Wir gingen Arm in Arm die Mauer entlang zur gußeisernen Pforte, sie war abgesperrt, jedoch grademal hüfthoch, kein echtes Hindernis. Johanna verlangte, daß ich sie darüberheben solle, wie eine Braut über die Schwelle. Na gut. Plötzlich schien die ganze Unternehmung ein argloses Spiel zu sein. Ich schwang mich hinterher, blieb beinahe am Gitter hängen, vermied den Sturz nur durch rechtzeitiges Umgreifen, gab keine elegante Figur ab. Sie kicherte, und dieses affektierte, latent vorwurfsvolle Kichern machte mich so zornig, daß ich in ihr fröhliches Gesicht schnaubte.

Sie prallte zurück, sah mich entgeistert an.

«Was hast du bloß? Du bist ja voll Kummer!»

«Meinst du?»

«Du Ärmster.»

Die Kiespfade des Friedhofs schimmerten spärlich im Halbmond, sofern sich keine Wolken vor ihn drängten. Das Familiengrab der Palms war bereits wieder zugeschüttet, der Grabstein, der abseits auf einem der Wege lag, noch nicht wieder aufgestellt worden.

Wir standen vor dem frischen Erdhügel. Johanna faßte meine Hand und flüsterte etwas, das ein Gebet sein mochte. Dann schob sie ihr Kleid hoch und den Slip hinunter, pißte auf das Erdreich und flüsterte dabei unentwegt etwas, was im herkömmlichen Sinn kein Gebet sein konnte.

Der Urinstrahl drang nicht sofort ein, verlief in alle Richtungen, bildete eine kleine Pfütze, die erst nach und nach versickerte.

«Warum tust du das?»

Sie antwortete mit tiefer gelegter Stimme.

«*Ich* tue das.»

«Hallo, Ralf.»

Der Versuch, dem ganzen eine komische Note zu verleihen, mißlang.

«Warum stehst du hier», fragte er mich, «und siehst mir zu?»

«Du wolltest nicht allein sein.» Meine Stimme bekam etwas Krächzendes, mein Hals wurde trocken.

«Sie», klärte er mich auf, «wollte nicht allein sein.»

«Sei's drum.»

«Vorsicht, mein Freund!»

Ich täuschte einen Hustenanfall vor, dachte über die Warnung noch nach, ob ich lachen sollte oder staunen, da klammerte sich Johanna, es war wohl Johanna, an meine Schulter, mit einem entsetzten Gesichtsausdruck. Das hätte er nicht tun dürfen, auf ein Grab zu pinkeln, auch wenn er es sich noch so oft gewünscht habe.

Warum er das tue?

«Ich weiß nicht. Vielleicht weil Charlotte mich nie gemocht hat?»

«Sag ihm, daß das kindisch ist.»

«Er hört schon lang nicht mehr auf mich.»

Ich war in einer anderen Welt zu Gast. Wie man träumt, wenn man weiß, daß man träumt. Wenn, was man tut, keine Konsequenzen nach sich ziehen kann, weil alles mit dem Erwachen zerstäubt und vergessen sein wird.

«Er will, daß du mich nimmst. Jetzt und hier.»

«Von ihm laß ich mir überhaupt nichts befehlen.»

«Setz dich hin. Ich will es doch auch.»

Sie drückte mich sanft hinab, bis ich auf dem Sims des Nachbargrabes zu sitzen kam. Eiskalter, glatter Stein. Johanna hob ihr Kleid und hockte sich auf mich, mit dem Rücken zu mir, fingerte an meinem Reißverschluß herum. Ich hatte nicht das Gefühl, in sie einzudringen, viel eher stülpte sie sich mir auf. Wir hörten Geräusche der Nacht und versteinerten, horchten. Weil es nur eine Krähe oder eine Katze gewesen sein mochte, machte Johanna weiter, begann ihren Unterleib zu bewegen, langsam, auf und ab, vor und zurück, immer weiter von mir weg, immer härter auf mich zurück.

Bald stemmte sie sich so hoch, daß grade eben noch meine Schwanzspitze ihre Möse berührte, grade so, daß mein Schwanz nicht herausglitt – dann räkelte sie sich ein wenig hin und her, sehr kunstvoll. Ihre Fut spielte mit mir, masturbierte mit mir, ihre Schamlippen lutschten mich – und mit

93

Aplomb ließ sie sich fallen, rieb ihren Arsch an meinem Bauch und ihre Hände massierten meine Knie, was erst unangenehm schien, dann aber, als ich kam, wars, als wäre mein Körper aus Porzellan und würde mit einem Hammer in zehntausend Teile zertrümmert. Befreiungsschlag.

Und durch die Zuckungen meiner Beine, Spasmen, die sich auf ihren Körper übertrugen, kam auch Johanna, bog ihren Rumpf durch, riß das Kleid hoch, zeigte dem Mond ihre Brüste, griff hinter sich, griff mir ins Haar. Ihr Stöhnen war ein langgezogenes Seufzen, das in elegisch leisen Gesang, danach in das Japsen einer Asthmakranken verfiel. Ich schüttelte sie von mir ab, meine Beine waren taub geworden und eingeschlafen, juckten, prickelten pelzig. Johanna wälzte sich, das Kleid noch über den Bauch hinaufgeschoben, halbnackt auf der spiegelglatten Platte aus Porphyr. Ich leuchtete mit dem Feuerzeug zwischen ihre Beine, sah mir ihre Möse an.

Jetzt, kurz vor Mitternacht konnte es höchstens noch fünf Grad haben, mehr nicht. Ich mochte ihre Schnürstiefel mit den breiten Schleifen gern, sahen sehr neckisch aus, wie die von Montparnasse-Tänzerinnen auf alten Lautrec-Plakaten. Ich mußte noch mal abspritzen. Es ging unglaublich schnell. Der Samen landete auf ihrem Bauch, auf ihren Beinen, die Stiefel traf ich nicht.

«Nicht schlecht.» Sagte ER. «Du gibst ihr, was sie braucht.»
«Du hast hier nichts verloren!»
«Ihr befindet euch am Grab meiner Mutter.»

Mein Gott, ich hatte Ralf Palm angeredet, als wäre er lebendig. War sogar wütend auf ihn gewesen. Verdammt wütend. Etwas fing an, mit mir durchzugehen, und mit lauten, im Kies knirschenden Schritten suchte ich's von mir zu stampfen. Der Boden vibrierte, immer wenn oben auf der Hauptstraße schwere Laster vorbeirasten. Oder war das die Einbildung schlackernder Knie? Tatsächlich vibrierten ein paar der breiten Grabplatten, solche, die nicht hundertprozentig genau auflagen. Auch die, auf der wir es getrieben hatten. Man konnte es hören, wenn man sich hinunter duckte.

«Was tust du da? Mich friert so.»
Das klang nach Johanna. Ich nahm sie in die Arme, überließ ihr meinen Mantel und bestellte per Handy ein Taxi an die Tankstelle. Wir schwiegen die ganze Zeit. Rauchten und fochten mit den Glutköpfen unsrer Zigaretten eine Art Luftkampf. Oder wars der Paarungstanz von Glühwürmchen? Hinten im Wagen kuschelte sie sich an mich. Warmer Atem an meinem Hals. Tat gut. Erinnerte an – ich schob sie prompt von mir weg.
Warum ich im Hotel wohne?
Das sei ja wohl meine Sache.
«Es kostet Geld. Komm zu mir.»
«Ich habe nunmal Geld. Später vielleicht.»
«Nichtmal heute nacht?»
«Wir kennen uns doch kaum.»
«Nein?»
«Woher wußtest du, daß ich im Hotel bin?»

Sie sah in die Dunkelheit hinaus, die keine war. Unterhalb der Serpentinenstraße konnte man die Lichtgirlanden über der Casinoterrasse erkennen und die hell erleuchtete Anlegestelle des Vergnügungsdampfers.
«Kaltenbrunner hat dich dort einchecken sehn.»
«Was hast du denn mit *Kaltenbrunner* zu tun?»
«Nichts mehr. Naja, er und ein paar seiner Kumpels vögeln mich noch manchmal, du weißt schon. In dem Gestell. Im Keller. Für die Miete.»

ÜBER DIE WAHRHEIT

Sylvia starrte mich haßerfüllt an. Was ich hier noch wolle, fragte dieser Blick. Ich stürmte an ihr vorbei, ins Wohnzimmer, wo Kappler fernsah und Schnapspralinen naschte. Um zehn Uhr morgens. Er machte große Augen. Unsere Vereinbarung, uns, wenn nötig, auf ‹neutralem› Terrain zu treffen, hatte keine drei Tage gehalten.

Was los sei?

«Hast du davon gewußt?»

«Was gewußt?»

«Daß sie sich verkauft.»

«Wer? Johanna?»

«Du hast mich auf Kaltenbrunners Empfang geschleppt, weil du wußtest, daß diese feiste Bande sie ab und an von hinten nimmt!»

«WAS?»

«Tu bloß nicht so.»

Er schob die Schnapspralinen von sich weg.

«Das ist ungeheuerlich. Hat Johanna das behauptet?»

Sylvia verließ den Raum. Knallte die Tür hinter sich zu. Das Geräusch, obgleich vorhersehbar, erschreckte uns doch. Die Stille darauf rann an mir herab wie etwas Flüssiges, Kaltes. Wir sahen uns lange an, in diesen Blicken lag junger Haß mit verschütteter Zuneigung im Streit.

Hat Johanna das behauptet? Ja, das hatte sie – und ich, ich hatte ihr schlichtweg geglaubt. Keinen Zweifel an ihren Worten gehegt. Bis eben jetzt. Nun war alles mit einer Frage, mit einem Türknall wieder offen – und ich setzte mich, war offenkundig zu weit gegangen, rieb mir die Stirn.

«Was ist los mit dir, mein Freund? Wir sind doch noch Freunde?»

«Ja.»

«Johanna Palm ist *irre*, hast du das vergessen? Sie ist total krank. Wahrscheinlich denkt sie tatsächlich, daß sie von diesem ehrenwerten Ort Tag und Nacht gefickt wird. Metaphorisch.»

«Du weißt also von nichts?»

«Nein. Aufregend ist das, meine Güte ...» Er griff nach einer Zigarre, aus der guten Montecristo-Schatulle.

«Aber – auf dieser Soiree – jeder wußte über Johanna Bescheid. Jeder riet mir, sie aufzusuchen. All diese Leute – im Nachhinein wird ihr Zwinkern so – so ... *schweinisch*.»

Kappler gab mir recht. Man wisse im Ort manches über Johanna Palm. Das, was sich eben so herumspreche. Ein anderes wäre –

Er stockte. Nein, die Leute hier wären konservativ – risikoscheu – wüßten um gewisse Grenzen.

«Tut mir leid. Ich bin ein wenig neben mir.»

«Allerdings. Sylvia werde ich die halbe Nacht über erläutern müssen, was mit dir los ist, beziehungsweise welcher von dir angedeutete Saustall nur der Phantasie einer Geisteskranken entsprungen ist. Danke!»

«Verzeih.»

Die Nacht über war ich von rasender Eifersucht geplagt gewesen, verbunden mit der Vorstellung, eine verschworene Clique fettwanstiger Honoratioren träfe sich in Johannas Keller und triebe Sadospielchen mit ihr.

Kappler schien meine bigotten Gedanken zu erraten. Daß er der Mensch war, der mich von allen lebenden Menschen am besten kannte, der einzige, der überhaupt mit mir eine Auseinandersetzung zu führen imstande war – es machte mir den Grad meiner Einsamkeit bewußt. Unsere alte Verbundenheit kehrte für einen Augenblick zurück. Die Welt, wie sie vor Johanna einmal gewesen war, blitzte auf, nostalgisch, verlogen,

verloren. Beinahe hätte ich geweint. Hielt Kappler die Hand
hin, die er ergriff. Sylvia öffnete leise die Tür, sah uns zu. Sofort wurde es peinlich.

ICH BIN EVA

Die Saison war vorüber, die Züge aus der Provinzhauptstadt enthielten keine Ausflügler mehr. Nur Hartgesottene badeten noch im ausgekühlten See. Das Casino wurde von den üblichen Zockern frequentiert; zwei Blackjack-Tische reichten für den ganzen Abend. Die vielen kleinen Pensionen und Frühstückshotels warben mit stark verbilligten Preisen. Einige ältere, kinderlose Gäste kamen noch zum Wandern in die Gegend; der Regen ließ auf verspätete Steinpilze hoffen. Wenn die Sonne hervorkam und mit ihr der ganze Zauber eines buntschillernden Herbstes, ging ich gerne in den Laubwäldern über dem ehemaligen Schloß spazieren, roch den Duft des feuchten Unterholzes, hob nasse Kiesel auf, um, wenn sie trocken und gewöhnlich geworden waren, sie wieder auf den Weg zu schmeißen. Es gab Feuersalamander zu sehen. Per E-Mail mahnte mein Adlatus dringende Termine an. Ich schützte eine Krankheit vor. Ob er mir die Polizeiakte zu Ralf Palms Selbstmord besorgen könne. Er wolle sein Möglichstes tun. Johanna rief nicht an.

Das hoteleigene Videosystem verfügte über zwei Pornokanäle, die in Einzelzimmern großzügigerweise freigeschaltet wurden, wenn man Vollpension bezog. Nachts zog bläulicher Nebel dicht über den See hinweg.

Im Internet gab es eine Website, auf der Selbstmordaspiranten und solche, die an dem Versuch bereits gescheitert waren, ihre Erfahrungen austauschen konnten. Da wurden saubere und schmerzlose Wege besprochen, ebenso Nachlaß- und Versicherungsfragen, Aspekte der Leichenentdeckung durch Angehörige und vieles mehr. Manche der Chatter beschlossen, sich zu treffen und gemeinsam aus der Welt zu gehen, andere benötigten Hilfe und boten Geld dafür, wieder andere begannen hemmungslos miteinander zu flirten. In einer Rubrik konnte man seine Vorstellung vom Jenseits per Bild präsentieren oder ausformulieren. Das war interessant. Es gab neben dem mehrheitlichen Schwarz in Schwarz auch ganz prächtig ausgemalte, arkadische Idyllen, so daß man sich fragen mußte, was jene Träumer denn noch länger von ihrem Freitod abhielt. Offensichtlich waren die Urheber jener Schilderungen höchst vernünftige Leute, die ihre Freizeit opferten, um die überbevölkerte Erde durch schwelgerische Visionen ein wenig zu entlasten. Denen gegenüber standen in den Chatrooms verständnisvoll-besorgte Missionare, die Spaß daraus bezogen, Wackelkandidaten weichzureden und zurück ans Ufer des Lebens zu binden. Redeschlachten kamen in Gang, verbissen wurde gekämpft um jede Seele, die sich als gefährdet offenbarte.

Ich bin Eva, 16. Mein Freund hat mit mir Schluß gemacht, weil ich Sex mit anderen Männern hatte. Jetzt erzählt er überall herum, was ich für eine Schlampe bin. Das soll er bereuen. Kann mir jemand sagen, welche Pillen ohne Rezept zu haben sind, wie sie wirken und wieviel ich davon brauche, um sicher zu gehen?

Die Seite gefiel mir. Man kümmerte sich rührend um Eva. Nach zwei Stunden wurde auch das langweilig.

OSTINATO

Ich weiß nicht, was ich mir davon versprach, doch steckte ich Palms Brief von '86 und den ‹zusammen› mit Johanna verfaßten von '98 in einen Umschlag und sandte ihn an Dr. Konrad J. von der Universität Berlin. Ein Handschriftenexperte, der für die Polizei ebenso tätig war wie für die Autographenabteilungen der großen Auktionshäuser. Darüber hinaus ein Jugendfreund, der mir einen Gefallen schuldete. Ich teilte ihm nichts Näheres mit, bat um einen schlichten Schriftenvergleich samt Übereinstimmungsprognose. Die Antwort ließ keine zwei Tage auf sich warten. Per Telefon teilte er mit, daß beide männliche Handschriften beinahe zweifelsfrei von ein und derselben Person stammten. Auf die Frage, was «beinahe zweifelsfrei» rechnerisch bedeute, gab er eine Wahrscheinlichkeit von etwa neunzig Prozent an.

Jeden elektrischen Impuls, der vom Nacken aus in die Muskeln zuckte, vermeinte ich wahrzunehmen, verlangsamt, vergrößert. Man kennt das. Die Zeit wird zähflüssig, das Fleisch ein offengelegtes Geflecht aus durcheinanderrasenden Reizen und Botenstoffen. So saß ich da, legte ohne Gruß auf und spürte das Verlangen, mit jemandem darüber zu reden.

4. BRIEF

15. August 99

Liebe Mutter

ich schreibe Dir weiterhin, auch wenn Du nicht antworten, Johanna nicht empfangen willst. Sie ist so einsam und konfus deswegen, hat ja selbst schon früh ihre Eltern verloren und niemanden mehr, der ihr Gutes will. Laß Dir sagen, daß Du verstockt bist und grausam. Ich würde gerne einmal wieder nahe bei Dir sitzen und Dich spüren, aber Du – Du machst hysterische Szenen, nur weil ich nicht aussehe, wie Dein kleinmütiger Geist sich mich vorstellt. Wir alle verwandeln uns, wechseln unsere Gestalt und die Körper. Doch die Liebe – sie verbindet alle Erscheinungsformen, weit über den Tod hinaus, sie allein bleibt ewig, durchdringt das Lebendige, ist die Wärme, die uns diese Welt ertragen läßt. Und wenn wir Asche sind und in alle Winde verstreut, ist immer noch etwas vorhanden, glaub mir, achte nicht auf abgestumpfte Seelen, die Dir etwas anderes einreden wollen.

Mein Leben war glücklich, weil Johanna mich geliebt hat. Diese Liebe zu begreifen, wurde mir sehr spät zuteil. Lange nahm ich sie wie etwas hin, das eben da war, nicht zu ändern, manchmal störte sie mich sogar, störte meine Welt, das jämmerlich verzerrte Abbild der Welt, meine Kunst. Und ich habe versucht, sie zu zerstören, zu beugen, habe so vieles getan, Johanna von mir loszulösen. Sie jedoch hat sich nie beirren lassen, blieb rein, blieb sie – bei allem, was ich ihr antat. Wer hätte solches auch vermuten können? Daß mir, von allen Lebewesen ausgerechnet mir, diese Gnade geschenkt worden ist.

Von alledem begreifst Du nichts. Ich schäme mich Deiner. Willst du denn sterben, ohne mich noch einmal in den Armen gehalten zu haben? Dann stirb, geh hin, Du wirst an Verstopfung krepieren, stirb von mir aus, woran Du gerade Lust hast, Du wirst nicht verhindern können, daß ich für immer Johanna sein werde und sie für immer ich.

Dann – dort – wirst Du mir die Hand reichen und ihre nehmen müssen, dann werden wir eins sein vor allem, ineinander zerschmolzen im Feuer, das Feuer – hab ich Dir je davon erzählt? Nie wirklich. Ich habe gebrannt, mein Fleisch ist Asche geworden, das war der Moment, da ich Gott ähnlicher wurde, zum Verwechseln ähnlich, in einem Moment, der Dir noch bevorsteht, stirb, Du blöde alte Kuh, dann wirst Du wissen, wovon ich all die Jahre an Dich, Geschöpf aus Stein, hingeredet habe. Wofür hast Du denn je gelebt? Mich geboren zu haben? War das alles? Ist das ein hinreichender Grund? Ist das das Testament, auf das Du Dich berufst? Dann sei auf Dich geschissen, als hätten alle Engel des Himmels noch ein Arschloch, verrecke im Dünnschiß tausender Putten, ertrinke darin, Du verwahrloste Mutter, Du kleinmütterige Karikatur eines gebärenden Scheusals!

Ralf

DIE NÄCHSTLIEGENDE FIKTION

Möglicherweise ein Monroe-Komplex. Eine Monroe nannten wir jede Nicht-Mutter über fünfunddreißig, die unter ihrer Nicht-Mutterschaft litt, ohne für den Grund ihrer Störung ein Bewußtsein zu haben. (Weil z. B. extreme Gebärangst den Wunsch nach einem Kind überlagert hat.) Hilfswort, erfunden für den grauen Bereich, in dem die Sprache vor dem Leben versagt hat. Wo sie zwischen Jungfrau und Mutter keinen Begriff zu prägen imstande gewesen war. Quer über beinahe alle Sprachen hinweg.

Kappler war ins Hotel geeilt. Sein regenfeuchter alter Parka hing über dem Barhocker. Wir tranken Campari. Ältere Herrschaften nahmen an den Tischen den Tee, holten sich Streuselkuchen und Cremeschnittchen vom Buffet, und der Pianist verlor sich in molligen Phantasien über *I got You, Babe*. Im Hintergrund Möwen, die mit dem Wind – spielten oder kämpften – je nachdem, wie man es betrachten mochte.

Kappler hörte sich die Ergebnisse des graphologischen Gutachtens mit zusammengekniffenen Augenbrauen an. Fixierte mich, als platze gleich ein Pickel auf meiner Stirn.

«Warum kann sie so gut zeichnen, sobald sie *er* ist? Fähigkeiten kann man sich nicht einbilden. Hat sie sich das in jahrelanger Übung angeeignet? Oder wie?»
«Oder wie was?» Kappler schmunzelte.
«An Telekinese aus dem Jenseits glaub ich nicht.»
«Da bin ich aber froh, mein Lieber.»
«Was grinst du denn so?»

«Du machst mich wundern. Wo ist dein Verstand hin?»
Ich verbarg meinen Mund beleidigt im Campariglas. Sog die
Luft ein, bis das Glas dank des Vakuums an mir hing, Momen-
te lang, bis es schnalzend fiel und ich es im Fallen festhielt.
«Steh ich auf dem Schlauch?»
«Das tust du.»

Jede seiner nun folgenden Gesten enthielt eine kleine Rache.
Wie er sich auf die Weste klopfte, noch mal dasselbe bestellte,
auf dem Hocker hin und her rutschte und schnell noch eine
Zigarre anzündete, bevor er endlich zu sprechen begann.
«Nun, nimm zum Beispiel die Hummel. Du hältst die Hummel für einen Fake, ja?» Nach jedem dritten Wort paffte er.
«Aber da wir vernünftige Menschen sind, oder zum Teil wenigstens bis vor kurzem noch waren – demnach nicht annehmen, daß Ralf Palm wirklich noch in die irdischen Gescheh-
nisse einzugreifen vermag –»
«Red schon!»
«Nicht die Hummel ist der Fake, das gekritzelte Gras ist der
Fake. Das ist die einzige Erklärung. Hast du denn gesehen,
wie sie die Hummel gezeichnet hat? Nein. Also. Sie hat einfach eine Hummel genommen, aus Palms zahllos ihr zur Verfügung stehenden nachgelassenen Skizzen, hat drum herum
in infantiler Art Gras gemalt, es kann doch nicht sein, daß du
so leicht aufs Kreuz zu legen bist?»
Er blies mir, unverstellt eitel und mit sich zufrieden, Rauch
ins Gesicht.

Aber die Briefe?
Kappler bog auch das ins aufgeklärte Weltbild zurück.
«Ist doch klar. Sie hat alle seine Briefe gestohlen, mit verstell-
ter Handschrift abgeschrieben und wieder an den alten Platz
gelegt. Simpler, verblüffender, wenngleich mühevoller Trick.»

«Aber wozu das Ganze? Dieser Aufwand …»

«Ich habe keine Ahnung. Um die Welt auf den Kopf zu stellen vielleicht. Wenn das Gehirn etwas erfindet, hängt dessen Faktizität oft vom Glauben ab, den die Umwelt der Erfindung schenkt. Der Glaube der anderen stützt den Selbstbetrug des Erfinders. Entschuldigung, aber – wem erzähl ich denn das?»

Ich ließ ihm seinen Triumph. Es mochte so sein. Vorstellbar wars. Doch all diese Briefe, hunderte – noch einmal abzuschreiben, in der vagen Hoffnung, daß jemand sie einmal finden mochte und etwaige Übereinstimmungen sich per Gutachten bestätigen ließ? Reichlich hergeholt schien das. Absurd.

Bei der Gendarmerie des Landkreises hatte ich mich tags zuvor als entfernter Verwandter Charlottes ausgegeben und gefragt, ob irgendein Anzeichen einer unnatürlichen Todesursache zu finden gewesen sei.

Nein, hatte man mir geantwortet. Exitus durch Herzschlag, recht friedlich, der Leichenbeschauer habe in seinem Attest nichts Ungewöhnliches vermerkt.

«Ja, glaubst du denn, Johanna hätte sie auf dem Gewissen? Wozu denn?»

«Ich weiß es nicht. Aber Charlotte – warum mußte sie sterben, ausgerechnet jetzt, wo ich grade zwei Wochen hier bin?»

«Und warum nicht? Sie war alt.»

Kappler ließ sich eine Viertelstunde darüber aus, daß ich in einen außerordentlichen Fall noch mehr hineinpressen wolle, als schon darinnen sei, seiner Meinung nach müsse man vielmehr versuchen, alles so schlicht und überschaubar als möglich zu gestalten. Er redete und redete.

Draußen auf der regennassen Terrasse, zwischen abgedeckten Tischen und Anrichten balgten sich zwei Krähen um ein

Stück Brot. Ein altes Ehepaar tanzte langsamen Walzer zu *What a little moonlight can do.*

Ich unterbrach ihn und bat darum, mir noch einmal alles ganz genau zu sagen, alles, was er je über Johanna Palm in Erfahrung bringen konnte. Auch wollte ich wissen, warum er, nachdem er bei ihr als Arzt gescheitert war, keine weiteren Maßnahmen eingeleitet, sie vielmehr ganz sich selbst überlassen habe.

Es seien seines Wissens nie Neuroleptika bei ihr eingesetzt worden, nein. Ob überhaupt je eine ernstzunehmende Behandlung stattgefunden habe, darauf wollte er sich nicht festlegen. Der Residualzustand der Schizophrenie, wenn man dieses Wort heutzutage noch gebrauchen dürfe, weise ja durchaus eine gewisse ‹Alltagstauglichkeit› auf. Er habe an Johanna Palm, abgesehen von kleineren Dissoziationen, auch nie Angstzustände bemerkt, depressive Schübe oder einen ausgesprochenen Realitätsverlust. Sie mache, wenn es darauf ankäme, doch einen recht souveränen Eindruck. Oder etwa nicht? Eine Zwangsbehandlung habe folglich nie zur Debatte gestanden. Was Fritz da sagte, war Eingeständnis kompletter Hilflosigkeit, die zum Zynismus Zuflucht nahm.
Kleinere Dissoziationen? Kein *ausgesprochener* Realitätsverlust? Wollte er mich auf den Arm nehmen? Provozieren?
An Johanna Palm versagt zu haben, steckte ihm noch schwer im Kreuz, und je länger er salbaderte, umso kleiner und häßlicher kam er mir vor.

Später, als ich aus der Distanz heraus bereit war, manches in einem für ihn günstigeren Licht zu sehen, glaubte ich, daß er mir nur sagen wollte, wie wenig Bedeutung Terminologien im Zusammenhang mit Johanna besaßen.

Realität ist nur die nächstliegende Fiktion.

Es gab Zeiten, da ich solch einen Spruch als These verschrobener Philosophen abgetan hätte, oder als boshafte Diagnose eines Wahnsystems.

«Übrigens – hast *du* ihr gesagt, daß ich hier im Hotel wohne?»
«*Ich* – um Gottes Willen – ich halt mich da raus. Abgesehen davon – würde Johanna Palm mit mir noch einmal reden? Kaum. Nein.»
Wie er das sagte, machte mich stutzig.
«Hast du ihr was angetan?»
«Ich? Mein lieber Freund, was geht bloß in deinem Kopf vor?»

DRACHEN

Kaltenbrunner empfing mich in seiner Villa. Er war ein
Schrank von einem Mann, noch nicht sechzig, mit breitem
Kreuz und fleischigen Fingern.
Seine Haut schimmerte rosig, wo sie sich über die Wangenknochen spannte. Das blonde Haar trug er millimeterkurz,
und obwohl man ihn nicht korpulent nennen konnte, wirkten
alle Kleidungsstücke an ihm zu eng. Das kragenlose Trachten-
hemd schien kurz vor dem Platzen, wenn er die Arme vor der
Brust verschränkte.

Wir saßen im Salon einander gegenüber, auf hohen gedrech-
selten Armstühlen. Seine Tochter hatte am Klavier geübt und
den Raum bereitwillig verlassen, nachdem ich ihn um ein Gespräch unter vier Augen bat. Draußen brach nach einem Gewitter die Wolkendecke auf.
Worum es gehe? Johanna, nehme er an. Er habe gehört, daß
ich meinen Aufenthalt zu Studienzwecken verlängert hätte.
Ach ja?
Nun, in einem Kaff spreche sich so einiges herum. Womit er
mir helfen könne?

Seine Auskünfte klangen bereitwillig, als habe er nichts zu
verbergen und ein schlechtes Gewissen höchstens deshalb,
weil man sich in seinem Haus über ‹das Ehepaar Palm› wie
über eine Kuriosität lustig gemacht hatte.
Sie, Johanna, trüge daran selber Schuld, habe nicht immer, wie
seit zwei Jahren, eher zurückgezogen gelebt, sondern alles
darauf angelegt, in der Öffentlichkeit aufzufallen. Mit der imi-
tierten Stimme ihres Mannes habe sie die hiesige Bourgeoi-

109

sie, oder was sie dafür hielt, provoziert, mit unflätigen Äußerungen überhäuft, im Casino habe sie Leute bespuckt und dafür Hausverbot erhalten. Kurz, sie sei allen auf die Nerven gegangen, und nur das allgemeine Mitleid habe ihr eine gewisse ‹Narrenfreiheit› zugesichert.

Was Kaltenbrunner referierte, widersprach den Erfahrungen, die ich mit Johanna gemacht hatte. Aber die Art, in der er es erzählte, sachlich, mit Details gespickt, wie jenem der Industriellengattin, die von Johanna auf offener Straße angesprungen worden und ihres Hündchens beraubt worden sei, nahm mich ein. So etwas ließ sich nicht leicht erfinden.

«Johanna hat das Hündchen in den See geschmissen, mehr war da nicht, der Hund konnte wie jeder noch so kleine Hund schwimmen, schwamm ans Ufer, und die Sache war wieder in Ordnung. Das ist so ein Beispiel für an sich folgenlose Vorfälle, die allerdings, das muß man sagen, in zarteren Gemütern so etwas wie Unbehagen ihr gegenüber erzeugten.»

Er beugte sich vor, und seine Oberschenkel brachten den dünnen Hosenstoff zum Knirschen.
«Sind Sie denn jetzt offiziell ihr behandelnder Arzt?»
Nein. Ich widersprach. Nicht vehement. Mal sehen. Ob es bei diesen Vorfällen auch zu sexuellen Enthemmungen gekommen sei?
Kaltenbrunner hob die Brauen, wiegte den massigen Kopf hin und her.
Sie habe obszönen Wortschatz benutzt, das ja, habe auch manchmal ihr Kleid zerrissen und ihre Bruste gezeigt, was jedoch nie – er mußte lachen – allzusehr ins Gewicht gefallen wäre.

Ob es sein könne, daß Johanna im Ort einen Liebhaber hätte? Oder gehabt habe?

Daraufhin sah er mich schräg von unten an, als wäre meine Frage sonderbar und mitleidheischend.

«Ganz genau weiß man's ja nie. Aber wer im Ort hätte sich denn auf so eine Person eingelassen? Nein, das halte ich für ausgeschlossen.»

In der Art, wie er das letzte Wort überbetonte, erkannte ich zumindest eine Unsicherheit. Sein schweifender Blick, der mich floh, der mit einem vor dem Fenster entstandenen Regenbogen abzulenken versuchte, verstärkte den Eindruck. Ob er jedoch dreist log oder nur keinen Verdacht auf irgendwen aufkommen lassen wollte, blieb unklar.

«Wissen Sie, wovon Johanna Palm ihr Haus bezahlt?»

«Ich? Keine Ahnung. Es gehört ihr, nehm ich an. Wieso?»

«Es ist gemietet.»

«Ach so?»

Er schwieg, sparte sich jede weitere Mutmaßung, gab gestisch zu verstehen, daß die Sache ihn langweile.

«Sie sind also niemals mit ihr näher, sagen wir: befreundet gewesen?»

«Wie bitte?»

Auf seiner Stirn perlten winzige Schweißtröpfchen. Glänzten im einfallenden Licht. Draußen war es sonnig geworden. Der schwarze Lack des Klaviers neben mir begann zu schimmern, zu blinken. Ich mußte meine Augen zukneifen, so sehr hatte sich der Raum verwandelt, unsere Distanz vergrößert. Kaltenbrunner lehnte sich auf dem Stuhl zurück, holte tief Luft.

«Wer hat Ihnen denn sowas erzählt?»

«Waren Sie jemals in Johannas Keller?»

«Nein. Warum? Was ist denn da?»

«Sie haben mir sehr geholfen.» Ich stand auf, um mich zu verabschieden.

Kaltenbrunner blieb sitzen, drehte sein Gesicht zur Sonne, als wünsche er meinen Abgang noch nicht und fände nur keinen Vorwand, ihn hinauszuzögern.

«Passen Sie auf sich auf, Herr Doktor.»

Endlich reichte er mir die Hand. Über den Hügeln am anderen Ufer schwankten bunte Drachen im Wind, schraubten sich steil hinauf in den Himmel.

SCHATULLE

«Endlich. Ich hab auf dich gewartet.»

«Ich hab auf *dich* gewartet!»

«Wir sind zu alt, um solche Spiele zu spielen.»

«Aber Spiele spielen dürfen wir?»

«Natürlich. Was bleibt uns denn?»

«Dann spielen wir.»

«Du bist unser Gast.»

Es war noch kälter geworden. Johanna trug einen weiten moosgrünen Pullover, gerippt, mit hohem weiten Kragen. Ihr Hals und ihre Finger gewannen an Zerbrechlichkeit. Sie schminkte sich nie; die Krähenfüße unter den Augwinkeln standen ihr gut. Überall im Haus brannten Kerzen. Vom geizigen Licht wurde ihr Antlitz sehr schmal und scharf, und ich liebte ihre Nase, die Kanten und Winkel bekam, liebte die Schattenhöfe neben den Nasenflügeln, die übergangslos ins Schwarz ihrer engen Nasenlöcher mündeten, während von der Stirn bis zur Nasenspitze ein schmaler Lichtstreif auf der Lauer lag, wie eine Sonne, die sich hinter den Hügeln duckt und noch zögert. Ein Räucherstäbchen warf sie, darum gebeten, ins Klo. Das Rauschen der Spülung klang vorwurfsvoll. Ralf habe Räucherstäbchen gemocht.

Früher Tom Waits lief. Grünkerncremesuppe aus der Packung wurde serviert, danach Minutensteaks mit Bratkartoffeln. Johanna trug einen Ring am Finger, der mir nie zuvor aufgefallen war, aus Glas, mit einem kleinen roten Karneol. Ralf habe ihr den einmal geschenkt, er sei über tausend Jahre alt und aus Syrien. Sie hielt ihn für sehr wertvoll. Ich widersprach nicht. Sie schnitt das blutige Fleisch klein, aß danach nur mit der

Gabel – und langsam. Beobachtete mich. Ihr Blick verschmolz mit meinem Messer, flackerte von Zeit zu Zeit, wie die Schatten der Kerzen an den kahlen Wänden, als suche sie etwas, woran sich festhalten ließ. Nervös. Verspannt.

«Hast du den Hund ertränken wollen?»

«Was?»

Ich gab die Anekdote wieder, wie ich sie von Kaltenbrunner erzählt bekommen hatte. Ohne seinen Namen zu erwähnen.

Sie schob den Teller ein Stück von sich fort. Ob ich jetzt schlecht von ihr dächte.

Nein. Hunde können ja – ich verfiel in Kaltenbrunners Art, banalen Sätzen durch schwere Pausen Gewicht zu verleihen – schwimmen.

«Ralf hat Hunde gehaßt. Vor allem die winzigen, überzüchteten.»

«Und jetzt? Haßt er sie nicht mehr?»

«Nein. Er hat Hunde inzwischen begriffen.»

Weil ich weder zustimmend nickte noch sonst irgendwie das Gespräch fortzuknüpfen versuchte, fügte sie hinzu, daß Ralf die Sache mit dem Hündchen leid tue, er hätte sich besser nicht an versklavten Lebewesen vergreifen sollen, sondern an der Eigentümerin selbst.

Ralf ging mir auf die Nerven.

«Er scheint ein ziemliches Arschloch gewesen zu sein.»

«Er hat sich geändert.»

«*Du* hast ihn geändert.»

«Ein bißchen.»

Wir kamen nicht weiter. Hielten uns bedeckt. Ein Grabenkrieg. Ich wollte mit ihr schlafen. Wollte Johanna hier auf dem Eichentisch nehmen und genießen, wollte sie für mich und ein Fest mit ihr feiern, begehrte sie, träumte von dem einen gemeinsamen Höhepunkt, der alle Knoten löst, die Markierungen sprengt. Und fand den Punkt nicht, das Gleichgewicht, von dem aus alles sich von selbst und wortlos ineinander fügt.

Sie stand auf, wechselte die CD, bückte sich hinab, keinen Meter von mir weg. Der Kragen ihres Pullovers fiel weit nach hinten. Ich liebte ihre ängstlichen Ohren, liebte ihren freigelegten Nacken und den hellen Teint ihrer gar nicht makellosen Haut. Da war ein Muttermal, das ich ihr gerne aus der Schulter gebissen hätte. Akkordeon. Tango. Piazzolla. Sie begann zu tanzen. Tanzte für sich. In schlangenartigen Bewegungen ähnlich denen einer balinesischen Tempeltänzerin. Forderte mich nicht auf mitzumachen. Tanzte auf der Stelle. Allein. Geschmeidig. Legte die Handflächen über dem Kopf zusammen.

Dann klingelte es. Und sie blieb genau so stehen, mit den Händen über dem Kopf. Sah sich um.
Alle Rolläden waren heruntergelassen.
«Bleib still.»
«Willst du nicht aufmachen?»
«Nein. Das sind böse Männer.»
«Unsinn.»
«Böse Männer. Sie haben dich abreisen sehen aus dem Grand Hotel. Jetzt kommen sie. Sie haben mich lang nicht mehr gehabt. Sie kommen, um mich zu haben.»
«Du meinst – Kaltenbrunner steht da draußen?»
Sie nickte. Wir flüsterten die ganze Zeit.
«Dann geh ich eben raus und sag ihm, er soll sich schleichen.»
«Nein.» Johanna setzte sich im Schneidersitz auf den Boden.
«Du wirst eines Tages fortgehen. Ohne mich. Diese Männer werden dann noch da sein.»

115

«Das ist völliger Quatsch. Ich geh jetzt und mach auf.»

«Nicht!» Sie sprang mich an, hielt sich an meinen Beinen fest.

«Nicht. Wenn du mich liebst – mach nicht auf. Bitte mach nicht auf!»

Sie winselte und flehte, hängte sich mit ihrem ganzen Gewicht an mich, zusammengekrümmt und zitternd.

«Dann werde ich wenigstens nachsehen, *wer* das ist.»

Heftig wurde jetzt mit der Faust gegen die Tür geschlagen. Es empörte mich. Wer immer das war, niemand besitzt ein Recht, nach dem ersten Klingeln eine fremde Tür mit der Faust zu bearbeiten. Ich wollte die Treppe hinauf, um durchs Badezimmerfenster nach unten zu sehen, aber Johanna war unmöglich abzuschütteln – sie umklammerte meine Knie und preßte mir ihre Nägel ins Fleisch.

«HALLO?»

Ich rief es, brüllte es laut hinaus, wie ein Tier den Besitz seines Reviers verkündet.

Sofort war alles still. Und die ganze Welt horchte. Erschrocken. Atmete lautlos.

Ich glaubte, Schritte zu hören, die sich entfernen. Ob von einer Person oder von mehreren – schwer zu sagen.

Johanna weinte. Mit regungslosem Gesicht saß sie auf dem kühlen Boden, und zwei Tränen liefen ihre Wangen herab.

Ich liebte ihre feuchtglänzenden Augen und den kräftigen Griff ihrer Hände, die an meiner Hose herabgerutscht waren und meine Knöchel nicht loslassen wollten. Erst als sie vollends in Tränen ausbrach und die Umklammerung lockerte, konnte ich mich befreien. Ich lief durchs Wohnzimmer und zog den Rolladen ein Stück hoch. Draußen, in fünfzig Meter Entfernung, fuhr ein Auto durch die Dunkelheit am Haus vorbei. Im Licht der sparsam gesetzten Straßenlampen waren nur schwache Konturen zu erkennen. Rote Rückstrahler, dann nichts mehr. Ich kann es nicht beschwören, und zugestanden

sei, daß der Wagen womöglich nur zufällig an Johannas Haus
vorbeifuhr, aber es kam mir vor, als wären vier bis fünf Perso-
nen darin gesessen. Die Wahrnehmung hatte kaum Zehntel-
sekunden Zeit gehabt, sich als Bild zu manifestieren, blieb
eine Masse von Silhouetten ohne Form.

«Niemand weiß, daß ich im Hotel ausgecheckt habe. Niemand. Ich habe nämlich gar nicht ausgecheckt. Das Zimmer
wird weiterhin bezahlt und steht für mich bereit. Und ich
glaube nicht, daß Kaltenbrunner so dreist wäre ... wenn überhaupt ...»

«Warum denn nicht? Glaubst du, irgendwer hier nimmt Rück-
sicht auf DICH?»

Sie schrie mich an, verheult, mit geröteten Augen. Speichel
und Rotz zogen Fäden von der Nase zum Mund. Ich kniete
vor ihr nieder, nahm sie in die Arme. Sie wischte sich an meiner Schulter ab, ich roch einen Hauch Patschuli. Ein warmer
Schauer floß über meine Wirbelsäule bis hinunter in die Knie-
kehlen.

Der Wunsch, sie zu beschützen, erging sich in maßlosen Phantasien wie der, sofort mit ihr diesen verfluchten Ort zu verlassen, am selben Abend noch aufzubrechen, dorthin, wo niemand ihr mehr ein Leid antun konnte. Bis mir endlich wieder
bewußt wurde, wer ich war, wer Johanna war, und daß alles andere nur Ausgeburt einer pathologischen Einbildungskraft
sein mochte.

«Du bist bei ihm gewesen?»

Ihr Tränenfluß war versiegt, sie sah mich mit zusammenge-
preßten Lippen an, zitterte noch, verschränkte frierend die
Arme vor der Brust. «Hat er alles geleugnet?»

«Ja. Ist das wichtig?»

«Du glaubst mir nicht.»

«Und wenn? Tust du es nicht freiwillig? Zwingen dich diese

Männer zu etwas? Tust du es nur für die Miete? Sags mir.»
Ihre Stimme wurde weich und etwas sarkastisch. «Sie haben
Anstand. Wenn eine Zigarette auf meinem Arsch ausgedrückt
wird, gibt es das doppelte Geld. Manchmal gehen sie und lassen mich hängen, aber das ist nur ein Scherz. Irgendeiner
kommt Stunden später zurück, fickt mich nochmal und be-
freit mich. Ich würde sonst in diesem Gestell sterben wie jemand, der am Kreuz hängt. Wie Christus. Nimm mich. Bitte.
Fick mich.»

Sie trug schwarze Pantoletten, weiße Strümpfe und einen
knielangen Rock, Schottenkaro. Grünrot. Ich hätte sehr gerne
sofort auf dieses Ensemble abgespritzt.
«Nein. Erst erzählst du mir was.»
«Was denn?»
«Was war mit Kappler? Hat er dich behandelt? Und wie?»
«Der alte Mann? Ach Gott. Nein.»
Er habe es versucht. Ein bißchen. Harmlos sei das gewesen.
Aber sie kämen manchmal mit Masken, die Männer, und sie
müsse dann auch selber eine Maske tragen, so eine weiße, mit
von Heftpflaster überklebten Augenschlitzen, und sie wisse
nicht, wer so alles …
«Das bildest du dir ein!»
«Ja?» Sie starrte mich freudig an, als hätte ich ihr Erleichte-
rung verschafft. Und zog sofort eine mißtrauische Schnute.
«Wer hat dann an die Tür gebumpert?»
«Keine Ahnung. Wolltest mich ja nicht nachsehen lassen.
Warum nicht?»
«Ich hab Angst um dich.»
«Weshalb? Ich bin ein renommierter Arzt. Man weiß, daß ich
hier bin. Niemand, der ein bißchen Verstand besäße, würde
mir etwas antun.»
Sie räkelte sich in meinem Schoß, schnaufte, erleichtert.

«Das mag ich an dir. Daß du glaubst, niemand könne dir was tun. Ralf war genauso. Ich hab ihn zweimal aus dem Gefängnis abgeholt und nach Haus gebracht. Zwei Male, wo er sich seiner nicht mehr so sicher war. Wo er zum Menschen wurde. Verletzlich, verletzt, entzaubert. Da hat er mich geliebt. Wirklich geliebt. Als er aus dem Gefängnis kam und in meine Arme sank.»

«Hat er dich sonst denn nicht geliebt?»

«Doch. Aber es war ihm immer etwas peinlich. Verstehst du?»

«Ich glaube.»

«Er verstand mich nicht. Er hat mich nie verstanden. Ich war ihm zu einfach. Zu weiß-göttlich. Ihm widerstrebte alles Weiß-Göttliche.»

«Hat er denn nichts dagegen, wenn du dich verkaufst?»

«Im Gegenteil. Das mag er. Glaub ich.»

Ich hatte meine Hände unter ihren Pullover geschoben, wog ihre Brüste, küßte ihren Hals.

«Du bist so kalt. So traurig.»

Ich gab keine Antwort. Zog beide Hände heraus, hauchte Atem in die Handflächen. Zupfte an ihren Ohrläppchen herum. Beschissener hat sich mein Leben nie angefühlt. Der Drang, jetzt, sofort, mir eines der wuchtigen Steakmesser an die eigene Gurgel zu setzen, kam mir unendlich befreiend vor. Und nur Johannas mitleidvolle Augen, ein Blick, eine Brücke, hielten mich davon ab. Vieles erfuhr ich in diesem Moment, es fuhr mir, ich weiß nicht woher, unter die Haut, drang in mich ein, mehr als alle Worte sagen können, plötzlich war es da und wollte erkannt – und verarbeitet sein. Als hätte sie mir ihr gesamtes Leben erzählt und feierlich in einer Schatulle übergeben. Ich möchte gern mit Ralf sprechen. Ist er hier irgendwo? Zwei Sätze, die in meinem Kopf rumorten. Die sie nicht erriet. Nicht erraten wollte. Ich hätte in diesem Augenblick alles von ihm erfahren können. Alles.

Er aber zeigte sich nicht. Blieb, wo er war. Immer nah am Geschehen, kurz davor, einzugreifen. Wie ich ihn haßte. Ich konnte jetzt nicht mit Johanna schlafen.

«Machst du mir bitte einen Tee?»

«*Was?*»

«Tee. Entschuldige mich.»

Sie hatte mir zuvor das Zimmer im ersten Stock gezeigt, in dem ich wohnen sollte, in dem ich mich, wie sie sagte, ausbreiten dürfe. Es war ein kleines, von staubigen Postern verhangenes Gästezimmer mit einer an der Wand lehnenden Matratze, einem leeren Schrank aus Kirschbaumholz und der antiquarisch erstandenen Schulbank, worauf mein Notebook ruhte, vor dem zum See gerichteten Fenster. In weiter Ferne lag das Lichternest des Luftkurortes wie ein Diadem in die Nacht gebettet.

Die Poster zeigten schräge Indie-Bands der Achtziger – manche, wie Psychic TV oder PIL, erkannte ich wieder, andere nicht.

Willkommen bei Compuserve. In Ihrem Postfach wartet neue Post auf Sie.

PROTOKOLL/AKTE

Verständigt durch die Nachbarin, Frau Elfriede M•••, aufgrund des Hinweises obszöner Zurschaustellung der Johanna Maria Palm, betraten wir am 20. Mai 1992, morgens um sechs Uhr fünfunddreißig, nach gewaltsamem Aufbruch der Tür, die Wohnung in der Barerstraße Nr. 64, zweiter Stock, und trafen die erforderlichen Feststellungen. Enorme Geruchsbelästigung fiel uns auf. Wir fanden Frau Johanna Palm nackt auf dem Balkon, im Schneidersitz auf den Boden gekauert. Bereitwillig zeigte sie uns das Bad, in dem in der Wanne der bis zur Unkenntlichkeit verbrannte Leichnam ihres Gatten, Ralf Palm, lag. Befragt nach der Todesursache, gab sie eine Selbstverbrennung mittels Benzin an. Sie habe weder Polizei noch Notarzt gerufen, weil sie vom Tod des Ralf Palm fest ausgegangen sei. Habe den brennenden Körper mit der Dusche erfolglos zu löschen versucht und sich danach, auch zum Schutz vor dem Rauch, auf den Balkon zu einer religiösen Verrichtung zurückgezogen. Sie wurde vorübergehend zur psychologischen Untersuchung in das Krankenhaus Haar, geschlossene Abteilung, verbracht. Ihrer Darstellung des Tathergangs standen im Folgenden keine Erkenntnisse der Spurensicherung entgegen. Weder auf dem Benzinkanister, noch auf der Badewanne haben sich belastende Fingerabdrücke der Johanna Maria Palm, geboren am 18. Oktober 1961, gefunden.

In ihrer Einstellungsverfügung sah die Staatsanwaltschaft keine Hinweise gegeben, die auf eine Strafbarkeit der Angeschuldigten deuten würden. Es sei davon auszugehen, daß der Geschädigte, Ralf Palm, zweimal vorbestraft, durch eine depressiv motivierte Selbsttötung zu Tode gekommen sei, ohne daß die Angeschuldigte (selber nicht aktenkundig) hieran beteiligt oder sonstwie ursächlich gewesen wäre.
Verfahren eingestellt am 15. Juli 1992.

SCHULD

Als ich herunterkam, hatte Johanna sich umgezogen, trug nun ein langes kirschrotes Kleid und silberfarbene Pumps. Das Kleid – mit halbhohem Kragen – war nicht dekolletiert, ärmellos, folgte asiatischen Schnittmustern und schimmerte fast so stark wie Acetat. Sie sah ehrfurchtgebietend darin aus.

Warum sie sich in Schale geworfen hatte? Ich faßte es vor allem als Vorwurf wider mich auf, sie nicht genügend gewürdigt zu haben. Und fühlte mich geschmeichelt.

«Was hast du so lang dort oben gemacht? Der Tee ist bitter geworden.»

«Hast du ihn zu lange ziehen lassen?»

Diese Darstellung behagte ihr nicht. Ich sei verschwunden, folglich schuld an allem.

«Du hast ja recht.»

Johanna behielt gerne recht, und hätten die Fakten noch so eindeutig gegen sie gesprochen. Befriedigt brummte sie und schob mir die Tasse mit der bitteren, lauwarmen Brühe hin, schnippte zwei Finger gegen ihre Lippen, eine Aufforderung, zu trinken und dankbar zu sein.

BEFRAGUNG IV

Ob ich damals lebensmüde gewesen sei.
In gewisser Weise.
Ob sich meine Einstellung inzwischen geändert hätte.
Unbedingt.
Weswegen?
Alles ändert sich.

FIDELIO

«Glaubst du an die Kraft der Gedanken?»
Wie sie das meine?
«Glaubst du daran, daß Gedanken töten können?»
«Nein. Nicht unmittelbar.»
«Ich weiß nicht so recht. Charlotte – neulich dachte ich, blöde alte Kuh, dir will ich nicht mehr schreiben, du antwortest ja sowieso nicht, also stirb! Dann starb sie. Verblüffend, nicht?»
«Hattest du damit etwas zu tun?»
Sie sah mich schelmisch von unten an, ihr Blick wanderte von meiner Kehle zur Stirn.
«Nein. Das war Ralf. Er hat sie aufgegeben. Hat lang gedauert, bis er sich dazu durchringen konnte. Er hat sie oft tot gemalt, aufgebahrt, häßlich, alt und nackt.»
«Hast du ihr diese Zeichnungen je geschickt?»
Sie winkte ab. Wirkte gereizt. Fahrig. Gestikulierte viel und sinnlos, führte keine Handbewegung zu Ende, als fiele ihr immer noch etwas ein, das der beabsichtigten Tätigkeit widersprach. Ihre Nervosität steckte mich an. Ich glaube, daß sie darauf wartete, genommen, benutzt zu werden, und durch meine Passivität verunsichert wurde. Manchmal sah sie in mir den Arzt, mal den kuriosen Abenteurer, aber am wohlsten fühlte sie sich, wenn sie mein Begehren spürte. Das drängte alle Probleme, deren sie sich nur zeitweise bewußt war, in den Hintergrund, beschäftigte ihr Ego, verlieh ihr Macht. Sie spielte gern. In dem Sinne, wie eine Schauspielerin gerne auf der Bühne steht und ihr Können überprüft. Und es gab Phasen, wo es schien, als werde sie nicht nur von einem imaginären Publikum, sondern auch von einer Kommission oder Jury beobachtet und müsse um mehr spielen als nur um die allabendliche Gunst der

124

Zuschauer. Diese Schübe wurden anhand physischer Phänomene manifest. Schnellerer Atem, Hitzewallungen, gerötete Haut, schnell flackernder Blick, plötzliche Stockungen motorischer Abläufe. Symptome einer enormen Prüfungsangst.

Ob sie ihrem Gatten gefallen wolle.
Natürlich. Was für eine Frau sie sonst wäre?
Ob er streng sei in seinen Beurteilungen. Ob er des öfteren an ihr mäkele.
«Warum sprichst du die ganze Zeit von Ralf? Wollten wir nicht einen schönen Abend haben?»
«Ist Ralf in der Nähe?»
«Nein. Ich glaube nicht.»
«Du *glaubst* nicht?»
«Herrgott, woher soll ich das wissen!» Es sei alles geregelt. Was ich denn hätte.
«Erzählst du mir was aus eurem Leben?»
«Was?»
«Etwas über den 20. Mai '92.»

Sie verbarg ihr Gesicht mit der rechten Hand. Ich sei geschmacklos. Sie habe sich schön für mich gemacht, und ich – wolle nur alte Geschichten von ihr hören. Ihre Reaktion war aber nicht übermäßig abwehrend, und ich gestand, das Protokoll der Staatsanwaltschaft eingesehen zu haben.
«Wie kommst du dazu?»
Ich faßte die Frage technisch auf, nicht ethisch. «Beziehungen.»
«Ah!» Sie schüttelte heftig den Kopf. Erhob sich von der Couch, stemmte beide Fäuste in die Hüften. Ich erwartete eine Verwandlung. Aber nichts geschah. Sie ließ sich wieder fallen, stemmte den Kopf gegen die Lehne. Ihr Hals straffte sich, leuchtete weiß im matten Licht der Stehlampe, und ihre

weit aufgerissenen Augen schienen etwas Vergangenes aus der Luft zurück in die Erinnerung zu saugen.

«Ralf ist damals verbrannt. Was willst du mehr darüber wissen?»

Sie sah jetzt recht entspannt aus, kokettierte mit gespielter Sachlichkeit. Zupfte mit den Fingerspitzen der rechten Hand an den Fingerspitzen der linken Hand herum, ein reizendes Knäuel aus bleichen jungen Schlangen.

«Fühlst du dich deswegen schuldig?»

«Nein. Ich habe doch alles versucht.»

«Eine andere Frau hätte vielleicht irgendetwas anders gemacht.»

«Bestimmt hätte sie das.» Sie grinste.

«Im Protokoll heißt es, du hättest danach auf dem Balkon gebetet.»

«Ja.»

«Zu wem?»

«Zu jedem, der da war.»

«Bist du denn religiös?»

«Jeder Mensch ist religiös.»

Ob sie mir den genauen Tathergang beschreiben wolle? Die Worte *genauer Tathergang* störten mich, ich wollte ihr gegenüber nicht beamtisch auftreten. Um die Floskel im nachhinein abzuschwächen, streichelte ich ihr Kinn. Sie rieb bereitwillig ihre Wangen in meiner Handfläche. Küßte und leckte jeden meiner Finger.

Ihre trotzig-romantische Vorstellung, Zwangsvorstellung von Liebe und Zweisamkeit, die sich sogar gegen den Tod des geliebten Partners erfolgreich zur Wehr zu setzen verstand. Eine schöne Sache, eigentlich.

Es gibt den Schmerz – und es gibt schöne Sachen dagegen.

Strategien. Was gab mir das Recht dazu, Johannas Vorstellung der Welt zu zersetzen?

Zu anfangs der Glauben, sie wolle das, sehne sich subkonszient, manchmal auch bewußt danach, mit den Schrecken der Vergangenheit abzuschließen. Ehrgeiz und Eitelkeit trieben mich. Später waren es Eifersucht und Besitzgier. Bisweilen setzte ich Ralf Palm einem Dämon gleich, der in ihr hauste und sein Wohnrecht längst verloren hatte, der Johanna unterdrückte und sie dazu zwang, um ihn zu trauern. Aber alles war viel komplizierter und in keinem Moment ganz eindeutig. Ebensogut ließe sich behaupten, Ralf Palm, oder was aus ihm geworden war, wäre ihr Gefangener gewesen, den sie mit allen Mitteln daran hinderte, aus ihr herauszufahren.

Modelle, die, glaube ich, die komplexe Struktur jenes Zusammenlebens nicht annähernd erfassen.

«Du sehnst dich nach Bestrafung.»
«Tue ich das?»
Ihr Trotz bot sich mir dar. Wollte zerschlagen werden.
«Du hast ihn damals verlassen. '86. Warum?»
«Woher weißt du das?»
«Warum hast du ihn verlassen?»
«Ich wollte, daß er – ich war eigensüchtig. Ich hab mir vorgestellt, wir könnten –»
Sie begann zu weinen. Ich legte eine CD auf. Beethoven, Fidelio. Dritter Akt. Mitte.
«Neu anfangen? Leben wie andere Menschen?»
«Ja.»
Die Eingekerkerten strömten ans Licht, zeigten der Sonne ihre geschundene Haut.
«Du hast dich ihm nicht opfern wollen.»
«Nein.»

«Glaubst du immer noch, daß er dich geliebt hat?»

«Natürlich hat er mich geliebt. Das war ja sein Problem.»

«Nein. Das ist *dein* Problem.»

Sie schüttete mit einer Handbewegung weg, was ich gesagt hatte. Ich faßte sie am Kinn, zwang sie, mich anzusehen.

«Ein Mensch, der wirklich liebt, dem wird diese Liebe nicht peinlich, Johanna. Sein Weltbild würde sich dieser Liebe unterwerfen. Das ist die Wahrheit. Das ist das Wesen der Liebe. Er hat sich nur in dir ausgetobt, hat sich an deiner Liebe aufgegeilt.»

«Nein. Du redest dummes Zeug.»

«Er wollte dich tot sehen. Wollte um dich trauern. Du hast dich dem verweigert. Gib es zu.»

Sie schrie auf. Das sei so nicht gewesen. Mitunter habe er diese Anfälle gehabt. Aber dann sei er immer wieder zu sich gekommen, sei vor ihr auf dem Boden gekrochen, habe um ihren Beistand gefleht.

«Er hat so gelitten. Und ich dachte damals, sein Leiden wäre grundlos, die Welt wäre groß und schön und alles wert.»

«Das stimmt. Er hatte keinen Grund. Er war einfach nur blöd. Und zornig auf dein Leben. Zuletzt hat er dich gehaßt.»

Ihr Kinn bebte. Sie schlug meine Hand weg, griff nach der Schachtel auf dem Tisch, zündete sich gierig eine Zigarette an, hustete.

Ich sprach mit leiser, eindringlicher Stimme. Fest und artikuliert.

«Aber er hätte sich nie angezündet. *Du* standest dem entgegen. Er hatte weder die Kraft, dich zu töten, noch sich selbst. *Du* hast das machen müssen.»

Das Tor stand offen. Und jedes Wort aus ihrem Mund wehte mich aus weiter Ferne an, hatte einen langen, langen Weg überwunden, bevor es endlich ins Freie trat. Erlöst. Eingebettet in kathartische, passend gewählte Musik.

«Er wollte es ja so. Kannst du dir den Schmerz vorstellen, den einzigen Menschen, den man liebt, von dem man geliebt wird, verbrennen zu müssen? Er hat sich selber mit dem Benzin übergossen, in der Badewanne, wie dutzende Male zuvor, er mochte den Geruch so gern. Und er hatte mich verprügelt, weil ich dumm gewesen bin. Ich stand vor ihm, hatte diese Spielchen satt, so satt, diese Prügeleien, weil er impotent oder deprimiert war, er spielte mit dem Streichholz, ich sagte, Ralf, tu es nicht, wir hatten das so oft, ich bin müde, Ralf. Aber er, naß vom Benzin, entzündete das Streichholz, gab es mir, und er sagte: Sei mein Leuchtfeuer, sei mein Licht in der Nacht. Ich hab geweint, weil das alles zuviel war für mich. Eine Sekunde lang hab ich ihn verabscheut, habe ich mich verabscheut. Wir hatten auch getrunken. Und plötzlich ließ er das Streichholz fallen.»

«Ralf? Ralf ließ das Streichholz fallen?»

«Ja. Er war in einem Moment so stark in mir. So stark.»

«Seither seid ihr zusammen?»

«Ja. Seither lebt er. Frei von Schmerz. Und es war so heiß, die Verpuffung sog mir den Atem aus den Lungen, ich konnte nichts mehr sehen, presste mich an die kalten Kacheln, stürzte zu Boden …»

«Und jetzt?»

«Jetzt löst sich alles auf. Weil du da bist.»

Wir küßten uns. Niemand ist so hoch besungen.

BEFRAGUNG V

Ob ich manchmal das Gefühl gehabt hätte, diesem Fall nicht
gewachsen zu sein.
Manchmal.
Ob mir je die Idee gekommen wäre, andere Ärzte hinzuzuzie-
hen?
Keine Sekunde.
Warum nicht?
Weil ich ein Arschloch bin.
Das schien sie zu beeindrucken. Sie stellten keine weiteren
Fragen.

UNSCHULD

Ich würde ja vögeln wie ein Liedermacher.

Mir ging die Beherrschung verloren, das rote Kleid, das bis über ihre Hüften hinaufgeschoben war, zerriß ich mit einem einzigen Ruck, schlug sie mit der flachen Hand ins Gesicht, zweimal, links und rechts, sie stöhnte wollüstig und bat um mehr, drehte sich um, präsentierte mir den nackten Po. Etwas knochig und flach. Einzige Schwachstelle ihres sonst erregenden Körpers. Brandnarben von angeblich auf ihr ausgedrückten Zigaretten fand ich nirgends.

«Laß die Schuhe an! Stell bloß keine Fragen!»

Wir lagen beisammen, oben im Schlafzimmer des Hauses, auf dem breiten Doppelbett. Die Tapeten waren lichtblau, die Vorhänge rosenrot. Das Bettgestell aus vergoldetem Messing verlor sich auf der Kopfleiste in schnörkeligen Ornamenten, merkwürdig amorph, auch ohne geometrische Struktur, Dschungelpflanzen, die ineinander wuchsen und kurz davor waren, tierische Gestalt anzunehmen. Sicher ein Designerstück, mit das einzige luxuriöse Möbel in Johannas Haus. Die angenehm harte Matratze war mit einem milchkaffeebraunen Bettuch bespannt. Das Bettzeug dunkelgrau.

Ich trug noch meine Schuhe. Hatte die Hose heruntergelassen und die Shorts, konnte mich nicht gut fortbewegen, sah lächerlich aus und hatte keine Lust, ihr nochmal wehzutun. Sie wollte getreten, gebissen, bespuckt werden, wahrscheinlich hätte ich mir Tiernamen für sie ausdenken und ihr ins Ohr zischen sollen. Ich war erregt und wollte sie haben, aber von vorn, wollte ihr Gesicht sehen und jedes Gefühl darin überprüfen, begutachten, auf *mich* beziehen.

Ab einem gewissen Alter stellt sich beinahe jeder Mann beim Masturbieren vor, er wäre eine Frau, die von einem selbst gefickt wird. Daran ist nichts Ungewöhnliches. Es hat nichts mit Narzißmus zu tun, ist sozusagen nur die Quintessenz der Onanie, die auf der Annahme beruht, kein Sexpartner könne es uns je so gut besorgen, als hätten wir ein zweites, andersgeschlechtliches Ich zur Verfügung. Sex mit dem Engel, der einen seiner Flügel an uns abgibt.

Ich wollte Johanna, kein Spiegelwesen, wollte nicht schauspielern, um ihr zu gefallen, preßte meinen Körper auf ihren, drang in sie ein, zwang sie, mich anzusehen, begehrte Zweisamkeit von ihr, Einverständnis. Sie aber sah weg wie eine schlechte Nutte, bot alle Fremdheit auf, zu der sie fähig war. Es kam mir schnell, wie um dieses Intermezzo baldmöglichst zu beenden. Ich spritzte in sie ab, stieß noch ein paarmal heftig zu, stand auf, wutschnaubend und häßlich, sehr häßlich kam ich mir vor, wurde Schuhe und Hose endlich los, ging in die Küche, holte Wein, trank aus der Flasche, kein guter Wein, Gesöff für hinterher, und Johanna lag mit gespreizten Beinen reglos da, mein Saft glänzte auf ihren Schamlippen, sie ließ ihn aus sich quellen, pumpte ihn wie etwas Ekelerregendes heraus aus ihrer Möse, ein dunkler Fleck bildete sich auf dem Bettuch. Und ich liebte sie. Stand vor ihr, mit noch immer erigiertem Schwanz, und wartete auf ein zärtliches Wort.

Vielleicht ist das bereits der Anfang der Liebe. Wenn man dem anderen nicht mehr, nie mehr – wehtun will. Eine simple Definition.

«Das wars?»

Was hätte ich antworten sollen? Die ganze Menschheit hörte mir zu.

Und ich schrie, ohne Überlegung, irgendetwas, von tief innen.

«Ralf will sterben? Dann laß ihn sterben. Laß ihn aus dir raus!

Und begrab ihn. Sei frei. Er hat dich nie geliebt. *Ich* liebe dich –»

Sie hatte die Knie angewinkelt, mit ihren Armen umschlungen und den Kopf darauf gebettet, saß so da, mitleidheischend, süß, erregend. Und sehr traurig. Ich kroch zu ihr.

«Was hast du grade gesagt?»

Ich wiederholte, was ich gesagt hatte.

«Du liebst mich?»

«Ja.»

Vielleicht eine halbe Minute verging, bevor ihre Reaktion kam. Erschrocken stemmte sie Mund und Augen auf. Mit beiden Fäusten stieß sie mir gegen die Brust, ich fiel beinahe aus dem Bett.

«Du lügst! Du lügst mich an. Die ganze Zeit. Du willst meinen Mann loswerden? Er hat mir immer gegeben, was ich brauchte.»

«Ralf ist Brennstoff für die Hölle!»

«Das denkst du dir so. Du willst *uns* auseinanderbringen? Wie willst *du* ihn denn ersetzen? Wo ist deine Kraft? Und die Herrlichkeit?»

Sie hieb mir mit der Faust ins Gesicht. Ich spürte den kleinen Schnitt, den ihr Ehering über meiner linken Augenbraue hinterließ. Ein Akt getarnter Zärtlichkeit.

Meine Stimme blieb ruhig und fest.

«Ralf war ein begabter Versager, der das Leben nicht begriffen hat. Folgerichtig ist er tot und begraben. Komm zu mir!»

«Ich hasse dich!» Sie hockte mir gegenüber auf allen Vieren, nackt, über dem Spermafleck, kämpferisch, großartig. Ich sah ihr gelassen zu, mein Kinn auf den rechten Handrücken gestützt, im Schneidersitz, ohne jede sichtbare oder unsichtbare Aufgeregtheit.

Es gibt diese unerklärlichen Momente im Leben selbst der

ängstlichsten Menschen, wenn sie, obgleich die Gefahr spürbar ist und durch die eigene zur Schau getragene Gleichgültigkeit provoziert und noch gesteigert wird, sich völlig wider ihre Natur verhalten. Keinen Finger zu ihrer Verteidigung rühren, somit eine Art von Mut zeigen, der viel eher Selbstaufgabe genannt werden müßte. Moment, wenn die innerste Wahrheit sich über alle selbst gezogenen Gräben und Wälle hinwegsetzt. Wenn der Wunsch nach einem Ende größer wird als die Sucht zu leben. Johanna hatte mich zuletzt an diesen Punkt gebracht, und dankbar sah ich zu ihr auf. Sie mißdeutete meinen Blick wohl als Überheblichkeit.

«Ich hasse dich, hasse dich, hasse dich elenden Spießer! Du eingebildeter Heiland! Ralf braucht deine Diagnosen nicht, und wir werden nicht zulassen, daß du ihm solche Dinge einredest.» Sie griff nach etwas. Es blinkte kurz auf. Muß unter dem Bett bereitgelegen haben. Für besonders widerspenstige Fälle. Es machte mich lachen. Der wiedergewonnene Zustand der Unschuld. Ich kann es nicht anders beschreiben.

«Ralf hat mich immer geliebt, und wir lieben uns noch, und nichts und niemand bringt uns je auseinander!»

Sie bog mich nach hinten, sprang auf meinen Bauch, kniete über mir. Ich unternahm nichts, um mich zu wehren. Ihr Gekreisch hatte mir jeden Willen geraubt. Sie wird es nicht tun, dachte ich, wenn doch, ist es gut.

Es stimmte. Jetzt und hier von ihrer Hand zu sterben, hätte mir wenig ausgemacht. Wäre eine Auszeichnung gewesen. Meine Angst – und wieviel Angst hatte ich jüngst noch gehabt um mein nichtsnutziges Leben – kam mir wie eine schlechte, abgelegte Gewohnheit vor, eine Lüge, eine endlich aufgedeckte Lüge. Ich dachte an Dinge, die noch erledigt, in Ordnung gebracht werden müßten – nur Banales fiel mir ein.

Nichts war mehr wichtig. Ein Gefühl euphorisierender Freiheit, allerletzt möglicher Eitelkeit. Johanna spürte das und blinzelte mich irritiert an.

Soviel Sehnsucht verriet dieser Blick. Soviel Verzweiflung. Und Schweigen. Erotischer ist kein Moment zwischen uns je gewesen. Kaleidoskop, jede Sekunde schüttelt neue Bilder aus bunten Scherben, man tritt ins Zentrum der Lichter ein.

Beide Handflächen um den Griff des Fleischmessers gefaltet, hockte Johanna auf meinem Unterleib, holte aus – und hielt inne. Blieb so, starr, wie paralysiert oder von einem Hieb in den Nacken getroffen.

Ich begriff unwillkürlich.

Es bedurfte inzwischen keines gesprochenen Wortes mehr, um beide zu unterscheiden.

Er sah mich an. Die Verwandlung schien, obgleich mit bloßem Auge kaum wahrzunehmen, schrecklicher und überzeugender als die Male davor. Als sei etwas Fremdes, unendlich Entferntes mit großer Wucht zwischen uns getreten und nähme von der Luft Besitz, die wir beide atmeten.

Wie es einem Kind geschieht, das in gesichtslosen Menschenmassen nach den verlorenen Eltern sucht und mit jeder Gasse, die es suchend betritt, immer mehr seiner Hoffnung verliert, so schwand alles Intime, Vertraute um mich her, wurde hart und kalt und dunkel.

«Verzeihen Sie meiner Frau. Sie wäre beinahe zu weit gegangen. Wieder einmal.» Diese Stimme. Rauh, heiser, beherrscht. Diese Stimme redete zu mir, wie nichts sonst auf mich jemals eingeredet hat. Schlug eine Brücke, auf der vieles hin und her wechselte, Ahnungen, Erinnerungen, Erfahrungen, Destillate des Lebens, Übersetzungen aus allen Sprachen in die eine Sprache des Gefühls.

Als würde ich Ralf Palm binnen einer Sekunde kennengelernt

haben und wüßte nunmehr jede Regung seiner Seele voraus, wurde er mir vertraut, zwang sich mir auf, begann in mir zu wüten. Und ich vermochte ihm nichts entgegenzustellen. Sovieles wäre – vielleicht – möglich gewesen.

Er senkte die Arme, behielt jedoch das Messer in der Hand und zeichnete etwas mit der Messerspitze auf das Laken. Was, das werde ich nie erfahren.

Um mich her war nicht mehr dasselbe Zimmer. Der Raum hatte sich auf eben jene Strecke zwischen unseren Augenpaaren verdichtet, hatte links und rechts die Wände fortgesprengt, war bleiern und abstrakt geworden, schillernd, unwirklich, aus Gaze und Gallert, zähflüssig, glich der gesetzlosen Landschaft eines Alptraums. Wenn man um den Alptraum weiß, sich gegen ihn auflehnt, erwachen will – und umso tiefer in seine Abgründe gezerrt wird.

«Es ist –» keuchte ich, «alles – in Ordnung!»

«Ach nein. Wie denn? Johanna hätte Sie eben beinahe getötet.»

Er klang humorig. Ich nahm mich zusammen. Und doch wars, als würde nicht *ich* ihm antworten, sondern die Rudimente eines irgendwann einmal in mir gehaust habenden Lebewesens.

«Das hätte sie nicht. Hätte immer *Sie* zu meiner Rettung geschickt. Gerade rechtzeitig. Wir beide wissen das.» Mein Geplapper, das sich nicht einmal mit Angst und Hysterie entschuldigen konnte, kam mir unendlich blöde vor.

Ein Kind fühlt sich so, wenn es vorlaut in die Unterhaltung von Erwachsenen eingegriffen hat und ohne Erklärung fortgeschickt wird. Ich spürte keine unmittelbare Bedrohung, nur maßlose Scham und Überforderung. Etwas ging vor, und ich war verdammt dazu, nicht eingreifen zu können.

«Ach, glauben Sie? Zu *wissen*? Nein, neinnein … Sehr komisch, sehr komisch. Johanna ist ein böses Mädchen. O ja. Damit wird bald Schluß sein. Endlich kann ich zu Ende bringen, was längst zu Ende ist. Sie haben recht, Herr Doktor, mit allem.»

«Ralf?»

«Ja?»

«Es kann alles gut werden, hören Sie? Johanna wollte mir nichts tun.»

«Sie kennen diese Frau ja nicht. Sie war einmal ein Engel. Erst ich habe sie zur Teufelin gemacht. Das geht. Es ist ein Zaubertrick unter Himmlischen.»

Ich rutschte unter ihrem Schoß heraus, landete auf dem Fußboden. Richtete mich auf, stand gebeugt vor dem Bett, hielt ihr die ausgestreckte Hand hin. Eine Geste der Liebe. Heute ist mir das bewußt. Es war keine Lüge.

«Johanna! Komm zu dir!»

Komm zu *mir*, wir werden fortgehn, die Toten hinter uns lassen, und wir werden leben, die Jahre, die uns bleiben, teilen. Werden beide geheilt sein.

Die Worte lagen mir schwer auf der Zunge, stemmten sich gegen meine Lippen, blieben ungesagt.

Hätten sie etwas ändern können?

Es brannte nur eine Nachttischlampe, große Teile des Schlafzimmers waren in Dunkel getaucht. Und dunkel glaube ich mich zu erinnern, im Bruchteil einer Sekunde alles Kommende vorhergesehen zu haben. Ein Moment erhabenster Grausamkeit. Wenn im chronologischen Ablauf Verknüpfungen sichtbar werden zwischen einander fernen Punkten, man aber die so gewonnene Zeit, den Vorsprung nicht nutzen kann, vom Ausmaß der Vision am ganzen Leib gelähmt. Doppelt besiegt.

«Ich weiß», sagte Ralf Palm jetzt, leise und etwas wehmütig, «daß Sie mich nicht mögen. Überprüfen Sie diese Ansicht noch einmal. Sie verdanken mir Ihr Leben.»

«Blödsinn!»

Ich versuchte ihren Körper zu packen. Das Messer zuckte her-

137

vor, bohrte sich in meinen linken Oberarm. Ich sage bewußt: ‹das Messer›.

Wer führte es in dem Moment? War das am Ende auch eine – Geste der Liebe?

Ich habe immer Schwierigkeiten mit dem Begriff der ‹Liebe› gehabt. Sie existiert in so vielen verschiedenen Formen wie es Vorstellungen vom Wesen Gottes gibt. Ich glaube an keinen Gott, der vorstellbar wäre. Man sollte das Wort Liebe vielleicht für jenen seltenen Fall der Seelenverschmelzung reservieren, die erst nach einigen Jahren, oft verbunden mit nachlassendem Trieb, einsetzt und in eine psychische Symbiose mündet, bei der die Liebenden einander immer ähnlicher werden, ohne sich selbst aufzugeben. Doch für das weite Terrain zwischen der sogenannten ‹hohen› Liebe und den chemischen Prozessen schneller Verliebtheit gibt es zu wenig Vokabular. Benutze ich in Bezug auf Johanna das Wort *Liebe*, benutze ich es bewußt für etwas, das über bloße Begierde und Faszination hinausging. Etwas, das viel mehr war als die Zirkusnummer verwirrter Hormone. Etwas, das stark dem Gefühl glich, nach langer Irrfahrt festes, vertrautes Land zu betreten. Ich bildete mir ein, daß wir zusammen eine Zukunft haben und glücklich werden könnten. Weshalb *ausgerechnet mit Johanna*? Die Frage klingt im Nachhinein sehr spöttisch. Wahrscheinlich ist der Spott berechtigt. Alles, was ich sagen kann, ist: Sie hat mich zu einem anderen Menschen gemacht.

Dies allein, selbst wenn es nur von kurzer Dauer war, erhob sie in meinen Augen zur magischen Person, von der ich mir eine Katharsis für mein längst aus allen Bahnen geratenes Leben versprach. Mit einigem Abstand läßt sich sagen: Wir haben uns mißverstanden. In jenem Mißverständnis aber spiegelt sich die ganze Welt.

Ich schrie vor Schmerz so laut, daß ich Ralf Palms letzte Worte kaum verstand. Ich glaube, er sagte schlicht *auf Wiedersehen*. Und lachte. Setzte das Messer an Johannas Kehlkopf und stach zu. Trieb es mit einem gewaltigen Stoß quer durch den ganzen Hals, bis es am Nacken heraustrat. Binnen Sekunden schwamm das Schlafzimmer in Blut.

Ich schrie wohl stundenlang, über und über von spritzendem Blut besudelt.
Ich schrie, als wäre die Welt nur ein Lärm, der zu übertönen sein müsse, um alles darin neu nach meinem Willen zu gestalten.
Das Halbdunkel des Schlafzimmers war ein flüssig wabernder Raum, unter mir schwankte der Boden. Taub gegen mein eigenes Geschrei wurde ich ohnmächtig, die Schatten tanzten und quollen auf, mehr weiß ich nicht.
Bildfetzen der Verblutenden tauchen auf. Manchmal. In meinen Träumen. Der durchstoßene Hals, das Blubbern der klaffenden Wunde, ihre gurgelnden Versuche zu atmen, das stoßweise hervorprasselnde Blut, Schreie, Röcheln. Ihr kalter Mund. Die toten braunen Augen. Klebriges Haar. Kann sein, daß das Messer im Lauf der Nacht in meine Hände geriet. Daß ich es aus der Wunde zog. Daß die Fingerabdrücke sich so erklären.
Es liegt nahe.

Man fand mich morgens im Freien, halb erfroren, im Gras vor dem Haus, ein blutverkrustetes T-Shirt um den Oberarm geknotet. Immer hätte ich ‹Johanna› geflüstert, tausendmal ‹Johanna›, frierend, halb bewußtlos in den Anblick der aufgehenden Sonne versunken. So wurde es mir erzählt.

ÜBER DAS LEBEN

Sylvia kam mich im Krankenhaus besuchen. Sie stand am Fuß-
ende des Bettes, trug einen langen Kamelhaarmantel und sagte kein Wort. Den Kopf geschrägt, interessiert, aber voller Distanz, betrachtete sie mich. Das einfallende Licht spielte in
ihrem Haar. Ich weiß nicht, was Sylvia wollte.
Hatte keine Lust, danach zu fragen. Ihr Blick enthielt weder
Anteilnahme noch Vorwürfe. War kalt und ausdruckslos. Sie
ging aus dem Zimmer wie ein Gespenst, wandte sich an der
Tür noch einmal um, öffnete den Mund, sah zu Boden, und
ihre Lippen zitterten leicht. Es klopfte. Zwei Polizisten traten herein. Ob man mir weitere Fragen stellen dürfe. Sylvia
schob sich an ihnen vorbei, huschte in den dunklen Flur hinaus.

Meine Gedanken drehten sich um die Möglichkeiten, die jeder Moment des Lebens uns offenhält. Jeder Moment tötet,
indem er sich für nur eine dieser Möglichkeiten entscheidet,
alle anderen ab. Realität ist die Essenz einer erbarmungslosen
Selektion.
Ich glaube, daß Sekunden, die unserem Leben Weichen stellten und es in ein *ist* und in ein *wäre* trennten, in die Lebens-
linie Kurvenbahnen geschlagen haben, die die gerade Strecke
des Faktischen immer wieder kreuzen. An solchen Kreuzungs-
punkten erinnern wir uns, träumen uns zurück – sie gleichen
neuronalen Verknüpfungen in der Zeit. Möglichkeiten und
Geschehnis werden dabei gleichberechtigt real, weil die Vergangenheit nur in deren Wechselbeziehung *zu leben* beginnt.
Darüber zu brüten, nebenbei alberne Fragen beantworten zu
müssen – es geht.

Menschen waren mir gleichgültig geworden. Temporäre Daseinsformen, die sich mit der Zeit von selbst erledigen.

Tage später erfuhr ich, daß Sylvia an diesem Tag Fritz Kappler verlassen hat und seither mit einem jungen Dozenten in Wien zusammenlebt.

Und wenn?

Das alles ist so lachhaft.

Die Polizei ging sehr dezent vor. Kaltenbrunner wurde nicht zur Vernehmung vorgeladen, noch sonstwer von den honorablen Herrschaften des Ortes. Kein ursächlicher Zusammenhang erkennbar.

Man gab sich mit meinen Erklärungen zufrieden. Ich unterschrieb das Protokoll. Es reduzierte den Sachverhalt auf einen lapidaren Suizid.

Ist jeder Suizid lapidar? Steht unter jedem Schlußstrich eine Summe?

Über solche Dinge lange nachzudenken widerspricht unserer kurzen Lebensspanne.

AM DRITTEN TAG

Johanna ist im Familiengrab der Palms in aller Stille beigesetzt worden. Ich ging hin, um eine Rose auf den Grabstein zu legen, aber als ich mit der Rose in der Hand vor der Friedhofspforte innehielt, kam mir die Geste verlogen vor und selbstgefällig. Ein Sturm fegte über das Land hin und auf den Alleen tanzten die Blätter. Ich warf meine Rose über die Mauer, kehrte um und trank an der Tankstelle einen Cognac. Auf Johanna.

SONJA

Ein letzter Blick von den Hügeln herab. Die Häuser am See standen in dichtgeschlossenen Reihen, breit, geschwollen. In bernsteinfarbenem Licht.

Kappler brachte mich zum Bahnsteig. Als wolle er sich von meiner Abreise persönlich überzeugen. Lange störte kein Wort die anbrechende Dämmerung.

Als der Zug von ferne zu sehen war, faßte er in einer verzweifelten Geste meinen Ärmel.

«Denkst du oft an Sonja zurück?»

«Mußtest du sie erwähnen?»

Ein klarer, kalter Tag ging zu Ende.

Platanen verloren erstes Laub. Straßenlampen flackerten auf.

Vor dem Casino versprach die Leuchtschrift einen gewaltigen Jackpot. Über dem spiegelglatten See flog, scheinbar orientierungslos, ein Starenschwarm mehrmals hin und her, bevor er Richtung Süden verschwand.